行走，只为轮回的风景

——生命与仰望间差无数次俯首

缪锦春　著

图书在版编目(CIP)数据

行走,只为轮回的风景:生命与仰望间差无数次俯首/缪锦春著.—苏州:苏州大学出版社,2016.6
ISBN 978-7-5672-1717-1

Ⅰ.①行… Ⅱ.①缪… Ⅲ.①中国文学—当代文学—作品综合集 Ⅳ.①I217.2

中国版本图书馆CIP数据核字(2016)第097703号

行走,只为轮回的风景
——生命与仰望间差无数次俯首
缪锦春 著
责任编辑 巫 洁

苏州大学出版社出版发行
(地址:苏州市十梓街1号 邮编:215006)
苏州工业园区美柯乐制版印务有限责任公司印装
(地址:苏州工业园区娄葑镇东兴路7-1号 邮编:215021)

开本 700 mm×1 000 mm 1/16 印张 10.75 字数 145千
2016年6月第1版 2016年6月第1次印刷
ISBN 978-7-5672-1717-1 定价:32.00元

苏州大学版图书若有印装错误,本社负责调换
苏州大学出版社营销部 电话:0512-65225020
苏州大学出版社网址 http://www.sudapress.com

行走在八卦中(代序)

行走在八卦中。

表达用八卦的方式。

我一直认为中国的大部分传统文化包裹和行走在一本《易经》中,三十六计当中有二十七计直接引用的是《易经》原文。而儒墨道法都能找到《易经》的影子:《乾卦》里有“亢龙有悔,盈不可久”,《道德经》里有“大盈若冲,其用不穷”;《家人卦》里有“父父子子,兄兄弟弟”,孔子说“君君臣臣,父父子子”。而到了邹衍这里则沿袭了《易经》更多的思想,他比较多地去谈天,以谈天为媒介服务于政治目的。回归到那个时代,邹衍所受到的待遇要比孟子高得多。追溯到整个春秋战国时期,道家的一部分被君主采纳演变成黄老之术;另一部分回归本真,发展成真的隐士;更多老子学说被法家吸收,变异成诈术。至于墨家,由于其军事色彩以及反人性的一些思想逐渐被抛弃直至消逝。而儒家则成了统治者迷惑百姓的幌子,三纲五常、三从四德,好听好使,确实给了这个民族骨血和气节,整个帝王社会的精神支柱其实就是士这一阶层。帝王通过儒家建立起一个森严的社会体系,也将阶级概念灌注到每一个人的骨髓里。

而这其中有一个一直没有被提到,就是运用八卦来占卜。《易经》在焚书坑儒之后之所以能保留下来,就是因为它被认为是一本占卜的书,而医卜星象以及天文历法这些都是最初的这些所谓阴阳家推演出来的。

那到底是不是真的有人能够预测未来呢？唐朝的时候，袁天罡和李淳风曾经留下一本《推背图》，这本书中所提到的事件在后来被一一证实，这可以作为佐证之一。再有便是邵康节，他所留下的《梅花易数》可以说是结合了《易经》以及邹衍五行变换，通过服色、形体、声音等做一些预测，算得上宋代最有名的易学大师。当然还有曾国藩的《冰鉴》，讲的则是更多的相学以及识人之术，虽算不上预言，用的也是《易经》的原理。而离我们最近的预言家我知道的则是珍妮·迪克逊。

如果真有人能够预测未来，他们靠的是什么？很难有准确答案。但是有一点可以确定，你在大街上遇到的那些号称能够消灾解厄的，绝大多数是江湖术士。这些华夏思想中的旁系，在华夏民族的成长过程中却一直存在，并且深深影响了许多人以及许多辈人。对于未来因为未知的恐惧，也许可以换来虔诚。我个人认为，欺骗一个人的虔诚所造成的后果要远远比既得的利益严重得多。它会像一粒种子，慢慢在人心里生根，发芽，长大，肆虐，枯萎，凋零。就像诸子百家，孕育了千年，繁荣了几百年，凋零之后又造成了几百年的文化没落。直到释教传入中华，才又开创了另一番文化的新气象。

这其中最具代表的是八卦，从皇权不下乡，到恶人治村，到阴阳术，在主流思想之外，还有许多现在认为非主流的东西存在。后人提到邹衍，把他定义为阴阳家，他是最早提出五行生克理论的，也是最早提出"五德之说"的。后来，王朝兴替的"易服色"就是根据"五德之说"更改得来的。八卦就像八只无限无形的大口袋，把宇宙中万事万物都装进去了。它在中国文化中与阴阳、五行一样成为用来推演世界空间时间各类事物关系的工具。

为溯源究本，2013 年我有机缘来到特克斯草原藏奇城。位于中国古丝绸之路北道上，新疆西北部，天山山脉北麓的褶皱带，伊犁河谷乌孙山脚下，有这样一个天赋灵犀的地方——特克斯，特克斯县县城是一个草原上的八卦城。八卦城以其"建筑正规，卦爻完整，规模最大"被誉为"中国风水第一城"。相传道教全真七子之一、龙门派教主"长春真人”丘处机应成吉思汗之邀，前往西域向大汗指教治国扶民方略和长生不老之道，丘处机历时三年游天山，被途中集山之刚气、川之柔顺、水之盛脉为一体的特克斯河谷所动，便以此作为“八卦城”的风水核心，确定了坎北、离南、震东、兑西四个方位，便形成了特克斯八卦城最原始的雏形，为700年后埋下了一个伏笔——八卦城。

身在八卦城，感受华夏文化的博大精深，仿佛天地尽收眼下，令人的动觉、触觉以及嗅觉顿悟。我带着八卦一路行走，我想到雨的上面去；我爱阳光与青草的味道，我想到艳阳里面；我爱黄昏，我想走到夕阳余晖中。

未来未知。行走，只为轮回的风景。

愿世界与我温柔相待。

目　录

乾天有温度　阳光有香氛

就让我走吧

哪怕在兵荒马乱的时代告别

哪怕在枪林弹雨的夜里启程

我不去远方了

不去流浪了

我不做你的英雄了

黄 昏

黄昏总给人一种平和安静的感觉,每每这个时候,心仿佛就是金色的光,一点点被天空吸收。

小时候生活在农村,屋背后有一条很长的河,到了黄昏时分,阳光从树梢间穿过,落在酢浆草开放的紫色小花上,波光粼粼的河水静静地翻动着。我的母亲下地回来,都会穿过长长的田垄。母亲走在前面,我跟在后面,微风轻摇,河岸边的芦苇轻轻荡漾,葡萄园的网上有鸟扑哧着翅膀。有时,母亲会突然停下脚步,安静地看着夕阳在一望无垠的天边,一点点逝去。母亲看着黄黄,我看着母亲,人世间的美好莫过于如此。

后来求学工作,来到城镇,再没有这样去看黄昏。我会在黄昏的街道散步,从西寺老街到鼓楼步行街,我总能在喧闹的城市得到片刻的宁静。相比于乡村生活的自然,城市生活总是在躁动中寻求一种心灵的沉静。黄昏,洗去了所有流浪者的疲惫,路过工地,拔地而起的高楼与蹲在路边的工人,形成了很大的落差。天空出奇地绚烂,公园有成片的小黄花随风飘动。行人像是树下的蚂蚁,在喧闹的车流里,在寂寞的霓虹中,不知疲惫地奔忙,短暂栖息。当日落的时候,天空是橙黄橙黄的,全是碎碎的云,柔光散落在栏杆上。我站着,守望着夕光慢慢消逝,就像昔日我站在田垄上庄重地目送夕阳落下一样。

在一个晚秋的黄昏,我送患重症的老友离去,发现夕光将整个世界染黄，我仿佛被抛掷在世界的另一边。天空通透，不是因为美，更多是因为离别。我突然发现：黄昏，也许才是启程最好的时光。

白月亮

这名女生，姓白，大名“月亮”。

白月亮，18岁之前生活在大东北。18岁高中毕业那年，她来到了祖国南方求学。一米七的个子，操着一口浓厚的东北口音，大大咧咧的模样。听说她在寝室替大家抓蟑螂、修电灯、防变态，谁失恋了她就去当“月亮姐姐”……校园里流传着她的很多传说。

有一次，白月亮正和失恋的朋友在街边烧烤店喝酒，突然，那个姐们噌地跳起来，拎着个酒瓶子直奔一群老爷们去了。朋友揪着其中一人的衣领，又哭又笑，大喊大叫，乱捶乱打，眼泪鼻涕抹了人家一身。眼看酒瓶子就要砸上人家的头了，白月亮一个箭步冲上去。后来才知道，“躺枪”的男子叫蓝夜，非她朋友的冤家，误会一场。

月亮住院期间，蓝夜天天去送饭，就像个大哥哥一样，叮嘱她不要做这个不要做那个。那个时候，白月亮从一个地地道道的女汉子变成了断手断脚的天使，柔弱得让室友不断翻白眼。白月亮还发挥出了幼儿园简笔画的艺术天分，画了张《蓝夜里的白月亮》，并觉得能媲美《百鸟凤凰图》。出院后的白月亮，整天跟着蓝夜混，她觉得蓝夜就是她心中的大树，虽然离家千里，但只要这棵大树在，她就风吹不着雨淋不到。

蓝夜也对白月亮照顾有加，吃饭带着她，玩耍带着她，就连约会都偶尔带着她。白月亮倒是有自知之明，从来不去当烦人的大瓦数电灯泡。她只希望，蓝夜过得开心过得幸福，能和他爱的人长长久久地在一起。可能老天并没有听到白月亮的祈祷，蓝夜女友大半夜跑到白月亮寝室楼下，和蓝夜上演“分手大戏”。她一口一句，都是因为白月亮，是白月亮的存在让她感受不到蓝夜完整的爱了，是白月亮和蓝夜走得太近，让她在背地里被人说三道四了，就连白月亮比她年轻比她高都是她和蓝夜分手的理由。第二天，大家就看到蓝夜前女友和另一个小伙子恩恩爱爱地手拉手走在一起。蓝夜为此消沉了很久，也并不想见白月亮。白月亮也不是个不识趣的人，她尽量不出现在蓝夜的视野范围内，却默默地照顾着蓝夜，就像当时住院，蓝夜那么照顾她一样。白月亮每天早上都买好早饭让蓝夜室友捎给他，还不能说是自己给的；学校一有什么活动，白月亮就“教唆”蓝夜室友，带着蓝夜一起去；甚至白月亮还去找过蓝夜前女友，试图劝和，但是热脸贴冷屁股的结局，可想而知。

分手过了一个多月，蓝夜突然叫上白月亮和他的哥们一起喝酒，白月亮喜出望外，她以为蓝夜彻走出来了。可是冤家路窄，喝酒的时候，就那么神奇地遇到了他前女友和她现任。蓝夜低头不语，前女友现任还上前挑衅：“哎哟，带着小妹妹来喝酒啦？”蓝夜刚要挥拳而上，被白月亮死死拦住，白月亮清了清嗓子，看着蓝夜前女友，平静地说：“咱俩喝点吧，不为别的，就为我哥。”前女友当然不甘示弱，于是两人一杯接着一杯，也不说话，就干喝，不一会儿，就满地空瓶子。中途白月亮去了趟厕所，回来发现蓝夜、他前女友及前女友的现任都不见了。她问蓝夜朋友怎么回事，朋友吞吞吐吐地说：“蓝夜前女友喝着喝着就哭了，说现任对她不好，她现任觉得没面子，上来就要动手，多亏蓝夜拦下来。前女友就不停地抱着蓝夜哭，蓝夜不忍心就把前女友送回家了。”白月亮听后，喝完了桌上最后一瓶酒，离开了。大家要送她，她仰着泛红的小脸笑笑说：“不用，糙老爷们一个，你们安全到寝室就好！”

再后来，蓝夜他们毕业了，工作后大家都比较忙，蓝夜和白月亮也很少联系。直到白月亮毕业准备回家乡的时候，她约了蓝夜和朋友们。当晚，蓝夜喝了很多，白月亮对着他哭了很久，说了很多句抱歉，说了很多次再见，也不知道蓝夜听没听见。白月亮曾跟室友说过："我也不知道我对蓝夜是什么样的感觉，可能有他在，我就安心。但我不想去干扰他、影响他，他需要我帮助的时候，我一定尽我所能帮助他，他不想见到我的时候，我也不想出现在他眼前惹他烦。只要他开心快乐，我就开心快乐，仅此而已。"室友都说白月亮傻，喜欢蓝夜就直接跟他说，憋着不说苦了自己也让蓝夜产生错觉。白月亮却说："长这么大，我除了想念自己的家乡外，就只想念过一个人，这种想念不是爱情，而是疼惜。我愿意竭尽全力地疼惜我想念的那个人，让他痊愈，让他完好，然后他就可以去找他爱的人，追求他的幸福了。"至于那幅"名画"，传说是被白月亮落在了飞机上，消失在夜空里了。

这个世界不就是这样，皎洁的月亮挂在幽蓝的夜空，合适是合适，可天总有亮的时候。我愿意成为你夜空中最亮的明月，陪你到天明，助你找寻属于自己的太阳，而我，也终会遇见那颗最闪耀的星星。这一路，我们相互扶持，相互怀念，你是你，我是我，两个灵魂随时可以脱离对方独立存在。在我们彼此短暂的生命中，不是没你不行，而是有你更好。

星　辰

刚跟G通过视频。G在航空公司工作，毕业的时候他昂首挺胸，大手一挥，说别动不动就说征途是星辰大海，都星辰了怎么还跌回大海里去呢，像我这样的空中作业人士，征途必将是比星辰更高的星辰。

而现在他说他想离开航空公司。

他说星辰之外已经没有星辰了。从来就没有。他说，在高空中，目光所及范围内都是尘埃，看不见光，更看不到星辰。

我很想穿过这成千上万公里的光缆，拍拍他的肩。

八月的一个下午，你是瓷缸里的金鱼，天井里的太阳熔化了，阳光滴在缸里碎成一瓣一瓣，比你活泼，比你耀眼，白亮亮地压得你游也游不动。蝉在槐树密实的叶荫里大声嘲笑你好吃懒做。你抬头望了望水面晃呀晃的金太阳，懊恼地想，太耀眼了。

这个时候你开始怀念四月。四月的阳光要柔和得多，你浑身的血管开始舒张，血液和墙边抽拔出的嫩绿色春藤一起蜿蜒流动。那时的日子仿佛没有尽头。阳光像一张金色的、柔软的捕梦网，你终日在自己的小小瓷缸里游荡，肿胀的眼睛涣散而又迷茫。你在每一个昏昏沉沉的夜晚梦见麦子。热空气将平原缓缓托起，你们的脚掌生出根系，手臂缠绕挥舞，迎风而立，齐齐向荣。你年轻的肉体滚烫，血管里熔岩跳动，腾腾麦香喷薄而出。汗水和麦粒在你背上晶莹闪烁，一尊金光闪闪的古老战神从你身上缓缓苏醒。四月的阳光里，你全身上下的每一片鳞片都在咆哮：给我更猛烈的阳光吧，给我更激烈的生长，给我夏天。

你总是不知道，自己更想生活在怎样的时空。

你总是不知道，自己甘愿与谁为伍。

你总是在困惑，究竟何时才是最好的时代。

你回首望去，传说中的英灵都穿着黄金铠甲。他们并列站在史籍卷轴里，光芒万丈。

他们质疑自己的黄金时代。

为什么遥远的星球那么好？

是因为你无从聚焦它的空乏和平凡。

遥远的星辰辉光四溢，永远像一个神话。此时的爱与欲望，一切情感，都是一个形而上的命题。空想家们逃避现实。他们浪漫而丰富的想象力不断编织出一个又一个的金色星球，然后奋力回避已知的珍贵，歌颂未知的伟大。

我想到了G。如果他能穿越所有的雾霾和流石，坚持到光明重现的那一刻，他是否终有一天能彻悟？

日　子

走着走着,就暖和了。

岁月的好,看得见摸得着。从立春就开始过美好的日子。走在江畔台阶外,迎面竟然撞上青梅花开:虬枝盘结的老枯干倏忽爆发出那么多粉萼白花黄蕊的梅花,如霞似蔚、暗香浮动、欺霜斗雪。

严寒当头,踏雨寻梅去,赏梅词三阕,嗅梅洗风尘,最是舒心,寻常人也有文雅之举。一树花枝俏从冬至就开始孕育了,何况一个人的岁月,何必畏惧短暂的寒流?

雾霾笼罩,终会散去,有风亦晴暖。不图每一天都过得如意,但在年头岁尾要踏踏实实祝福所有人。是否因为手里攥着一把岁月,越来越喜欢过传统的节日,还有节气;有的节气就是节日。因为它们懂你、知你,每一个节日和节气都能念叨出一段段美好契合的词儿,揉到我们的血里、心里,欢快流淌,熨帖心灵。一段段平凡的日子隔开又连接,平凡的每一天都会生动起来。

时时要懂得面对好风景。小时候,我们喜欢陪父亲去公园挑饱满的葱头样的花种,让花匠算好时辰刻出口子,用素雅的青花瓷盆儿养起来,年前就能开出金盏银台、扑鼻香的水仙花。现在,我们挑各种最红火的鲜花,要插瓶银柳过年,摆满居室的每个角落,进门就喜气。过年要奔着老家的老人,嘘寒问暖。要有小小的孩童在晃,奶声奶气地唱儿歌,随时看见愉悦。彩灯中国结,剪纸贴春联。寻根问祖,祭拜先人。守望和欣赏亲情的花开吐蕊，满目芬芳。尔后的回忆里，都是澄亮光堂的温暖。

望着望着，花就开了。

杨柳如烟，堤岸嫣红。总不由自主想起“陌上花开，可缓缓归矣”，寥寥九字，这欲催归而请缓的深情总是让我们穿越到五代十国，重温吴越王钱镠给省亲的吴王妃写下的百转千回、欲扬还抑的思念。

千年前的田野很纯粹，一望渺渺，阡陌纵横。紫的是苜蓿，黄的是油菜，绿的是秧苗、菜畦；户外临水，桃红李白，灼灼其华。总是那些最平实温馨的话语能够不由自主地击中我们，来载我们穿过红尘浊流，像微风缓缓吹，来度我们拂去岁月的遮蔽。

感恩生命赐予，在一起，就放缓脚步，走到陌上花开。不在一起，就相互念着。看不到你，却感知你的甘苦，为你流泪为你微笑。守得花开是一场幸福的等待。

一时花开，一时花落。花开时节，要积攒了全身的气力，欢跳着在枝头绽放。花开时节，才知道这是长久的严寒酷冷之后，大自然最温暖的馈赠。每一次花开都是一次感动，最美好的生命都在萌发。花落时分，要攥一把即使枯涩的干花，一旦翻过青春的山坡，每一天都需要在心田里沏滚开的白水，令其片片舒展，优雅沉浮。

一念成佛，一念成魔。不较劲，经得起，东边日出西边雨，一地青霜落梅花，无处不有邂逅，听风听雨总有花开花落。冰雪天咬咬牙就熬过去了，苦日头下有一片树荫都是好运气，酣然安枕自然醒来都很难得。如果运气差，或许前身半世造过孽缘，要安心思过，于己于人不偏执，不必非此即彼，做一个平凡的人，过一段安宁的岁月。

一执天堂，一执人间。人生的延展总有枝杈，这些枝杈风雨中会断裂,成长中会修剪。不必在意,总会有庇护的天使在,向善的种子总有向上的季节。经历后才更知善的光泽,小小的磨砺只是裂隙,为的是让光与水渗进来,随时满庭芳菲。

古银杏

深秋的南方是金黄色的,在塔川之行因雨搁浅之后,和友人突发奇想:何不去长兴看看古银杏?一拍即合,开始了记忆中的第一次自驾游。因为出发比较早,一路畅通无阻,昨夜微雨后空气格外清新,不多时就到了目的地,恰巧友人带的两个同事同时到达,旅行就这么开始了。

据说长兴的古银杏长廊中散落着 3 万株原生野银杏,其中百年以上的老树有 2700 多株。八都岕除遍生银杏之外,其文化也特别悠长,据传汉代刘秀曾八躲追兵至此,八都岕由此得名。而南朝皇帝陈霸先曾到丝沉潭垂钓,宋代杨万里曾到此为银杏赋诗。谷内的乌瞻山是古代著名的星占术士向往之地,山上有杨仲庚墓。谷地两侧青山环抱,中有涓涓流水,各式各样的民居建筑掩映在银杏群中,环境清幽,鸡犬相闻。每年十月这里都是慕名而来的游客,可惜我们来迟了,只看到村口一株百年古银杏树形单影只地杵在那里,枝杈上没有一片银杏叶,倒是潮湿的地上铺了一层金黄,稍稍弥补了一些遗憾。棕褐色的树杈刻在碧蓝的天空上,像一副经典的版刻画,没有了金黄衣的银杏展现了另类的美。村里零星有几株落败的银杏,一地的落叶在提醒我们,这是古银杏村。

传说银杏生长的地方大都有仙人居住,这里有座仙山,“山不在高,有仙则名”,仙山海拔 162 米,虽不高却能俯视三省,虽不广却满山苍翠,充满灵气,有关仙山的故事古老而神秘。尤其是关于唐开元年间新罗宫廷政变后,新罗王子在此出家，成为地藏王菩萨的故事更使得仙山增加了无穷的魅力，历史上就有“先有仙山后有九华”的说法。仙山是地藏王菩萨的祖庭，这里还留下了地藏王菩萨和观音菩萨的脚印，现在每逢地藏王菩萨和观音菩萨的生日，这里就香火鼎盛，游客如云。显然今天不是菩萨们的生日，所以人不多，都是周末来锻炼的当地人。我们悠闲地拾阶而上，阳光透过竹林洒在石阶上，若隐若现，暖暖的暧昧。山顶的寺庙里香火不断，修葺一新的庙宇仙气袅袅。被昨夜烟雨洗过的天空澈蓝，白云在飞快地游走，太阳突然透过云层拉出长长的金线，把寺庙包围。

仙人往往与龙联系在一起，这里还有仙山湖，“水不在深，有龙则灵”，仙山湖就位于仙山一侧，拥有浙北地区最长的堤坝、最大的湿地，堤上柳枝婆娑，亚赛西湖苏堤。这里水面平静，芦苇密布，生态环境优越，是鸟的乐园。穿过长长的铁索桥，我们坐上了游船，静静漂在这宁静的湖上。导游轻声诉说着仙山湖的传说，我们早被一边的美景吸引，手机相机一直没有放下。每一个角度每一个画面都是一幅幅自然天成的名画。仙山湖是彩色的湖：黄的芦苇，青的芦笋；褐的滩涂，绿的湖水；嫩的柳芽，粉的野葩。仙山湖是律动的湖：白鹭的翩飞，野鸭的浮潜，灰鹤的悠闲，鸳鸯的游弋。仙山湖是怀旧的湖，返璞归真，碧水无染，清冽可人。虽然是深秋，但还是能看到迁徙而来的北方飞禽，偶尔栖息在湖里的枯树枝上，夕阳下的灌木群只有枯枝立在水中，水面波光粼粼，把它们蒙上了神秘的色彩，或许是龙王正在观赏落日吧。

如果你想与仙人相约，并“成仙得道”，那长兴这里是不二的选择。

坤地载物　从来处来

行者归城

身无分文

一杯终日唏嘘的酒

便从今世辗转来生

歌者痴狂

唱不完红花的眼泪

纸上身影

终是虚妄的残阳

没有对白的电影风情万种

坐拥江山的灵魂悲痛莫名

花开知多少

清晰记得秋日里的一天,上班的路上被路边绿化带里的一片惊艳炫亮了双眼。在这草木凋零的季节里,竟然盛放着一枝枝红艳似火的娇媚花朵,形状好似捧起盈盈笑脸的手掌,妖冶绝伦,因此给我留下了极为深刻的印象。

所听闻的彼岸花大都与诗词、歌曲、小说或影视剧有关。古有“彼岸花开开彼岸,奈何桥前可奈何。望乡台下忘川水,三生石边卖孟婆。涅槃同魔魔恋相,浮生若梦梦蹉跎。惟有余生舞日月,白驹过隙《大风歌》”,悲怆却又不失激昂。今有《彼岸花》以及《三生三世彼岸花》《彼岸花开为君倾》等歌谱与小说。前段时间刚刚热播完的《花千骨》也有这样的桥段:“彼岸花开又花落,千年转瞬即逝去。韶华易谢君难见,世间再无婆娑劫。天下与我孰轻重,情到深处转凉薄。仙骨不敌绝情池,若有来生不负我。”甚至在盗墓题材电影《寻龙诀》中,彼岸花居然贯穿了整部电影,成为影片中的神奇宝物。彼岸花能打开生死之门,故事因它开始,也因它结束。绝对的大赢家啊,所有人都围着彼岸花转来转去。如此一来我就越发好奇了,这彼岸花究竟有何种魔力,可以令古往今来的文人墨客、艺术创作者们如此一见倾心、情有独钟?

彼岸花,开一千年,落一千年,花叶永不相见。情不为因果,缘注定生死,永远相识相知却不能相恋。在此生无法触及的彼岸,卸下所有记忆,花为黄泉。一千年花开,一千年花落。

彼岸花有两种颜色,白色的称为曼陀罗花,红色的称为曼珠沙花，盛产于我国和日本，以日本最为多见。这种花，花开不见叶，有叶没有花，虽是同根生，花叶永不见。在日本的传说中，彼岸花是开在黄泉路上的，花如血一样绚烂鲜红，铺满通向地狱之路。之所以称之为“黄泉路上的花”，是因为它经常长在野外的石缝里、坟头上，于是被煽情地比喻为没有结果的爱情。而在我国的佛经里却将之称为天上之花，是天降吉兆的四花之一，因为即使爱情没有结果，但在彼岸仍会开出盛放的花朵。相传血红色的彼岸花是自愿投入地狱的，虽被众魔遣回，但仍徘徊于黄泉路上不愿离去，众魔不忍，遂同意让它开在此路上，接引离开人世的灵魂送达彼岸的极乐世界。当灵魂穿过彼岸花，渡过忘川河，便忘却生前的种种，曾经的一切都留在了彼岸，往生者就踏着此花的指引通向无悲无苦的极乐世界。也有传说此花的花香具有一种特殊的魔力，能够唤起人前生的记忆。

彼岸花在日本的花语是“悲伤的回忆”，在韩国的花语是“相互思念”，在我国的花语则是“优美纯洁”。它拥有无与伦比的魅艳与毒烈般的唯美，却又很是凄凉，多数情况下是不被祝福的花朵，正如某些不被祝福的感情一样，尽管美得痛彻心扉、催人泪下。它有残阳如血似的妖魅，也有洁白如雪般的纯美，但看后心中会涌起莫名的悲殇，悲它承受太多不公平的指责，殇它缺少太多最真心的祝福。花和叶的永不相见，就像命中注定要错过的缘分。有人认为那一团团看似魅惑的火红却让人感受到凝滞的气息，看似绝世美艳的外表却无法掩饰幽怨凄凉的灵魂。它守护的永远只是一次又一次的错过，彼此相守，彼此相知，却又彼此不得相见。我却认为纵然悲哀，恰恰也见证了世间最真挚爱情的存在。当彼岸花都流泪时，悲伤定已泛滥成海，还有谁会在乎那曾经的泪水，还有谁会回首那曾经的绝美。正因为如此，它的花与叶才会生生相守，生生相错，才会在千年轮回中许下永生永世在一起的诺言，这不就是最真挚的爱恋吗？

曾经听过这样一句话：“一个人生活下去的意义，在于他对生活的希望、不屈和勇气;如果他因为遭遇的困难、挫折和不幸而失去了生活的希望、不屈的精神和勇气的话,等待他的就只能是痛苦、绝望和颓废。”结果并不是结束,有了希望和勇气就如彼岸依然会盛放的花朵。爱情如此,事业如此,生活亦是如此。

耐得住岁月的孤寂,受得了世俗的鄙夷,经得起风雨的洗礼,独自妖娆,静静绽放。我想,这才应该是彼岸花真正吸引人的魔力和魅力之所在吧。

红色故土的匆匆一瞥

上海到南昌的高铁要不了4个小时，列车穿过浙西的群山，在半睡半醒中便径自到达了红色的中心。印象中的革命老区竟与中国最繁华的都市如此之近，让人不禁错愕。南昌因为八一起义而在这个时代闻名，作为红色政权的发迹标志地，被称为英雄城。然而在历史上，南昌几乎默默无名，除了王勃那篇著名的《滕王阁序》中一笔带过的“豫章故郡，洪都新府”，以及是八大山人的故地之外，常人再难记起。

火车停靠的南昌西站处于一个大工地之中，一路上扬尘四起，两边尽是尚在如火如荼施工的高楼。公交跨过生米大桥，没开多久便到了南昌老城，道路亦开始拥堵起来，横冲直撞的电瓶车更是引得出租车频频刹车急停。南昌老城和想象中的样子一样，两车道的小街，略显残旧的房屋，隐隐透露着迟缓的城市节奏。

既至南昌，滕王阁自是必去朝圣的地方。那篇流传千年的诗赋，给了多少人无尽的遐想。那魂牵梦绕多年的“落霞与孤鹜齐飞，秋水共长天一色”，该是何等绮丽壮观的景象。绕进一条小街，四处寻找滕王阁的入口，却终是透过一个不起眼的小牌坊看到了传说中的滕王阁。高耸的楼台临风伫立于江边，虽已不是唐风宋骨，但王勃赋予的千年神韵依旧。登楼远望，一带江水纵横南北，远山紫黛巍峨。对岸新城虽高楼林立，气势如虹，但登高一望，竟也在山川大江之中显得渺小。遥想当年,悲凉之秋,风扫残叶,秋水寒凉,万物肃杀,高楼之上,失意之人,望天地之无极,吟诗作赋,予人欢颜。细想起来,滕王阁竟也是一个失意之地。当年也曾嘲讽过这篇诗赋是无耻文人的极致软文,但真正凭栏远眺之时,才感受到那种凉到心底的失意,如槛外长江空自流。

八大山人纪念馆坐落在梅湖边上的青云谱。八大山人是个别样的存在,青云谱和南昌的气质亦是格格不入。走进青云谱,仿若一瞬间回到江南,小桥流水,粉砖黛瓦,风摆荷叶,蝉鸣悠扬。之前久闻八大山人之名,但基于对水墨画的无爱,始终也未去亲近。在西湖美术馆看过另一南昌籍画家傅抱石的作品展,飞流直下的瀑布腾起水雾扑面而来,这才第一次被国画意境所震撼。朱耷的身世注定了他的人生,清初前,明后裔亦只能僧道山水,避世而居。八大山人的画作仿佛水墨动画,异常生动,寥寥数笔,画出纸上乾坤。飞禽单脚独立,白眼外翻,内心的那份遗世孤傲,岂是旁人可懂?

我入住的酒店在南昌市中心,旁边恰是八一广场。暮色四合间,广场白色聚光亮起,八一南昌起义纪念碑格外醒目。广场上循环放着革命歌曲,一座小型音乐喷泉也随着乐曲激昂舞动。滕王阁和八大山人忽地变得那么遥远,红色南昌才是现实所在。行程匆忙,完全没有规划红色线路,连八一南昌起义纪念馆也未能得去,八一广场算是红色南昌的一个纪念吧。

隔江的新城是几位出租车师傅推荐一定要去看看的,对望过去,确有小浦东的气势。秋水广场在滕王阁的对岸,传说中158米高的喷泉表演着实平淡无奇。但就在表演结束准备离去之时,奇景却才刚刚开始。忽地对岸沿江的所有高楼霓虹灯熄灭,紧接着换上一致的颜色和图案,随着音乐起舞。惊叹之余,身后竟也金光四起。原来两岸目力所及之处,所有沿江高楼的霓虹灯都换上了同样的色彩,以同样的节拍舞动,水天一色,而秋水广场正是这个壮丽表演的中心。这一刻你仿佛置身于世界的中心,被所有的光华环绕。“秋水共长天一色”以这样令人叹为观止的方式重构，像是人类在向大自然挥舞着拳头宣示力量。突然发现，这或许才是红色南昌的真正纪念。

小蛮腰的一次照面

羊年第一站选择了初春的羊城广州。这个南方经济发达的重镇,中国十大宜居城市之一,吸引着世界各地的游客。也许你会说,那个城市,那么热,那么混乱,那么匆忙,怎么会适合居住?答案很简单,因为这个城市没有冬天,没有寒冷,永远都是那么暖意洋洋,永远都是那么热火朝天;因为这个城市,比任何一个地方都要宽容,它将一切,无论是卑微的打工仔,还是趾高气扬的社会精英,无论是操着各地口音的南来北往的陌生人,还是提着篮子逛菜市场说着正宗白话的本地人,统统心怀慈悲地揽入怀中。其中,小蛮腰电视塔是一整座城市的鲜活象征。

过去,有句民间谚语:“食在广州,玩在苏州,穿在杭州,死在柳州。”现在,后三句已经不怎么让人记得了,因为好玩的地方不只是苏州,连地球都嫌小了;穿的衣料,杭州的丝绸也已经不能满足当今人的需求了;死了都火葬了,也不要柳州的木材去做棺材了。因此,只有“食在广州”依然被人记得,让人理会,并被不断念想着。虽然不是吃货,但对南方的美食有种难言的情愫,带着一份小小的憧憬,我来了。

早就知道越秀公园有着古老羊城的标志性建筑——五羊雕像,凭着儿时挂历上的记忆,很快就找到了被鲜花簇拥着的五羊。传说有五位仙人身着五色衣服,骑五色羊,从南海飘来,降临广州,五只羊嘴里各衔一茎六穗的稻谷。仙人将稻穗送给当地居民,并祝福永无饥荒,言毕腾空而去,羊化为石。

五位仙人送给广州人民的优良稻种，加上广州地区阳光充足、气候温和、雨量充沛的良好自然条件，使广州人民获得大丰收，广州也就成了岭南最富庶的地方。湛蓝无云天空下的五羊，有种即将飞天的感觉。围着它们转了好几圈，默默祈祷……

按照攻略，一张地铁卡就可以去到所有计划好的地方。沙面公园离地铁站很近，有种似曾相识的感觉，在一个独立的小岛上，全是美美的建筑物，划分相当方正，横向东西三条街，纵向南北五条街，中间洋房林立，树木葱郁，十分沉静。个人很喜欢这种建筑，走在石头铺成的小路上，阳光透过榕树身影婆娑，坐在欧式铁艺椅子上被暖阳轻轻抚摸，看着不远处拍婚纱照的新人，是冬日里最幸福的感觉，真想就这么坐着到永远，没有分离，没有落日。

傍晚时分，上下九美食街上已是人头攒动，我也加入了觅食的人流。粥煲粉之类的是我的首选，艇仔粥是不错的选择。用“软硬兼施”来形容艇仔粥最为贴切，油条、花生是硬的，小虾、蛋丝、鱼片、海蜇等烧烂后是软的。所以，喝进嘴里的粥，不能一下子咽下肚里，必须要经过咀嚼后才能吞下肚里，这个咀嚼的过程就有种所谓的软硬兼施般的“享受”。一直想见识一下大名鼎鼎的鸡公榄，但是没能如愿，据说鸡公榄只有在上下九才有，是广州政府特意开设的。鸡公榄没有店面，只有一人穿着大公鸡样的服装，在街上叫卖。但是今天只看到了一个穿着白色长袍的人，叫卖着一元一袋的鸡公榄，略有遗憾。沿着街巷漫无目的地闲逛，全国步行街都有差不多的模式：各种小品牌服装连锁店，各种果汁甜品店，各种珠宝首饰店……唯一不同的就是当地的土特产美食店，民以食为天，估计我也只能从深藏在街巷里的美食分辨自己到了哪里。

在广州的整个周末都是晴空暖阳，走在这样的街巷，心情特别舒畅。西方教堂看到过不少，可能由于信仰或者文化的差异，多数都远眺，这次有幸可以近距离走进石室圣心教堂，体会到它的庄严，以及它所带来的心灵震撼。教堂属于哥特式建筑，全部墙壁和柱子都由花岗岩石砌造，是天主教广州教区最宏伟、最具特色的一间大教堂，也是全球四座全石结构哥特式教堂建筑之一。它几乎具有哥特式教堂的所有构图元素，有体现早期建筑风格的彩色玫瑰窗、透视门，另外，尖顶拱券、飞扶壁、石束柱等构件运用得得心应手。构图的完美，比例的准确，使其成为屹立于东方的一个非常纯正的欧洲中世纪天主教堂，被称为东方巴黎圣母院，让人叹为观止！阳光透过彩色琉璃窗在地上色彩斑斓，看着它一点点地移动，目光都不愿离开，这样的教堂真的可以让人的心灵得以洗涤。

如果舶来文化有点往昔的味道，那赫赫有名的小蛮腰——广州塔则是广州的今生。在天字码头坐上古色古香的画舫游船开始了珠江夜游。江涛翻滚，江风微寒，不经意间游船经过一座座霓虹闪烁的跨江大桥，让它们变成一条条跨江的彩虹，虹上车来车往，仿佛是天上的街市。与珠江相拥而行的滨江大道和沿江大道上，如盖的绿荫从被灯光折射，氤氲成一片幽幽的绿光，仿佛在细语母亲河的温柔与恩赐。远处的广州塔在黑色的夜幕里变幻出红色、蓝色、紫色、绿色等七种颜色，格外显示出七彩小蛮腰的绰约身姿。醉人的夜景尽在眼前，难怪冬日的游船上还是人头攒动，对着广州塔不停拍照，生怕错过它的每一个色彩变幻的瞬间。

广州是值得细细品味的城市，第一次去是为了和它打个照面，下次我会认真倾听它的每个故事，记下它每个表情，期待下次再见。

人间仙境梦一场

赶在国庆长假未到暑假刚结束的9月，去了向往已久的人间仙境——蓬莱。正好蓬莱新机场刚启用，大家还是习惯把烟台作为中转，所以去蓬莱的公共交通很不方便，只能打车到订好的酒店。司机师傅也是心不甘情不愿的，空驶回烟台没钱赚。

趁着艳阳高照，放下行囊就直奔蓬莱阁而去。蓬莱阁是中国四大名楼之一，素以“人间仙境”之称闻名于世，以“八仙过海”传说和“海市蜃楼”奇观享誉海内外。历经风雨沧桑，如今的蓬莱阁已经成为融自然风光、历史名胜、人文景观、休闲娱乐于一体的风景名胜景区、休闲度假胜地，难怪人们把蓬莱称作仙境。

蓬莱仙境正门入口处有近代爱国先驱、抗日志士、爱国诗人、教育家丘逢甲《重游长潭》诗一首，内有一巨大“迎仙石”和一尊“仙女”塑像。蓬莱仙境景区有三坑一峰，主峰“寿山”突兀在拦河巨坝侧旁。清晨，云雾缭绕峰峦，有如庐山之美；傍晚，夕阳斜照岩岭，仿若黄山之雄。半山腰的临河悬崖间有“八仙茶座”，侧旁有“八仙过海”巨幅壁画，内有“八仙过海，各显神通；四化征途，争抒贡献”题字。山坳转弯处有一深邃石洞，称“仙人洞”，洞内有光，寻光而入，尽头处有尊佛像。蓬莱仙境的小崖顶有座供人小憩的“八角仙亭”，亭内游人可赏览美景。向东眺：蕉岭新城、镇山公园、劳作村民、205国道一览无遗；向西望：平湖碧波、游船飞艇、度假山庄、旅游公路尽收眼底。环观峰峦,千奇百怪的巨石有如鬼斧神工之作,有“关公脱甲”“雄狮怒吼”“仙人静坐”“蛤蟆跳水”等,各具形态,栩栩如生。最吸引我的还是东边绵延数千米的海滨浴场,深秋的海滩没有了夏日拥挤的人潮,大人们带着孩子捡贝壳,放风筝,年轻人嬉戏打闹着,挥着自拍杆,摆出各种造型,还有就是像我这样望着蓝天碧海发呆的人。蓬莱的海水改变了我对北方海水的看法,这里远比青岛大连的海水清澈许多,水里还依稀可见自由自在的小海鱼,难怪连神仙们都会驻足了。

蓬莱阁向北有个田横栈道,沿着田横山靠海的岩石而建,沿着栈道感受岩石被浪涛冲刷,岩破石穿,怪石嶙峋。夕阳照在岩石上泛着金光,被蓝天碧海围绕,就像国家地理杂志的封面照一样,让人叹为观止。田横山和旅顺老铁山灯塔的连线就是黄海、渤海分界线,因此具有“一线分二海”的独特地理位置。“老铁山头入海深,黄海渤海自此分。西去急流如云涌,南来薄雾应风生。”东部黄海部分水是深蓝色的,而西部渤海水却显得浑浊,略呈微黄色。在海底地沟的作用下,黄海和渤海的自然分界泾渭分明,终于明白了为什么蓬莱的海水会这么清澈。

夜晚的海边灯火通明,各式海鲜大排沿着通往景区的大路一字排开,海边的旅游景点大都如此,吸引着远道而来的内陆游客尝鲜。我怕遇到天价虾天价鱼而无法脱身,所以每每都是看看,寻找没有见过的海货,满足一下自己的好奇心。

第二天去了另一个美丽的岛屿——长岛。听宣传片里说,原来传说中的蓬莱仙岛指的就是长岛。长岛地处水中,碧波环抱,山清水秀,风景独好。其地理条件特殊,气候温差小,冬暖夏凉。既无城市车辆的轰响,又无人流的喧嚣,还有那些没有污染的天然海水浴场,所以长岛被称作一片原始的、自然的、未经加工的、得天独厚的旅游处女地,能在长岛度夏避暑,休憩疗养,是在其他世界名胜度假难以比拟的。

长岛的旅游交通几乎没有,除了刚上岛时游客接待中心的几辆出租自行车外,就是不多的不打表的出租车,公共汽车几乎看不见影子,所以很多都是跟团游或者自驾游的,像我这样独自出行的还真不多。但是这样的一个长长的岛，很适合独自游走。

九丈崖位于北长山岛的西北角，是一绵延几百米的巨崖，山崖险峻，水深流急，岩礁棋布，自然景观独树一帜。崖壁绵延，峭壁燕梭，千万年来风浪的侵蚀，使石崖渐成了上凸下凹之势，壁面犬牙交错，石窟、石穴鳞次栉比，是众多水鸟栖息的乐园。九叠石塔，由九层节理明显的石英岩堆成，久经海浪磨蚀雕琢，塔崖石纹清晰，层次分明，形态别致，与九丈崖组成一对"母子崖"。八仙石洞，大小两个海水冲蚀形成的石洞，洞顶近似拱门，传说当年八仙曾在此聚会，洞内石英岩面凹凸错落，玲珑剔透。大洞毗邻处有一小洞，洞内设有石桌、石床，上开两扇天窗，传说是何仙姑的寝室。做回神仙，不枉此行啊！

九丈崖北上就是牙湾，俗称半月湾，因湾形似半月而得名。它背依青山绿野，环抱碧海清波，一袭银白球石的遥遥长滩，镶嵌在青山碧水之间，犹如深邃夜空中的一弯新月。踏进月牙湾，步步珠玑，锵然作响，仿佛进入银光闪烁、玉辉斑驳的月宫。手抚珠石，一枚枚玲珑乖巧，一颗颗晶莹剔透。石上多有天然花纹：或是遒劲的古松，或是灿然的枫叶，或是茸茸的小鸟，或是攀缘的猕猴，或是一片云、一枝花……惟妙惟肖，栩栩如生，拨人心弦，撩人情思。世上的海湾比比皆是，而"洁白如美玉，晶莹赛琥珀"的千米球石长滩，却只此一家，真若一个珠光宝气的球石世界。

那时想，长坐在这一滩白色球石上，听着海风轻吟，看着夕阳落日，等着归航的渔船，何妨长做长岛人？

虽然早已离开，但蓬莱这个远离都市、远离雾霾的仙岛，至今仍在梦中萦绕，久久不能忘却。

濠河画中游

第一次去南通的时候，是冬季。机场很小，要自己穿过停机坪走出去，来自北方的我抬头望着渐黑的天空，体会着别样的江北空气。

南方的城市，统一给我的感觉是百姓的热情友好，无论是出租车司机还是商贩，都是很认真地生存，没有心机，不怕薄利，静静地享受着生活。

南通很小，环绕着濠河，可以说大家的衣食住行，似乎都离不开这条河。看地图，它如一条长形的方巾，静静地铺于城市中心。

然后你会发现，南通真是个博物馆之城，大大小小的各种博物馆遍布全市。南通博物苑、城市博物馆、纺织博物馆、珠算博物馆、沈寿艺术馆……我最喜欢的，是最大的那个博物馆——南通博物苑，综合性强，馆藏丰富，维护得也好。光是海洋与江河动物的展厅就让我如嗅到了家乡气息般流连，心情大好。

谈到一座城市，自然少不了吃。记忆犹新的是首次到南通的那个傍晚，紫琅春的粥，可爱的小女孩服务员，娇嗔又俏皮地喊着店里大妈，要展现新买的裙子。那声音，至今都活现在耳边。自那以后，我也学会了一句似乎在南方通用的话："好的呀。"

四宜糕团店，远近闻名，喝早茶吃点心的首选老店，鸭血粉丝的热辣、小笼包的鲜香，无比难忘。南通主城区不大，顺着濠河走，过了小桥，四宜糕团店古色古香的小门楼瞬入眼帘，里面人头攒动，宾客满座，男女老幼吃得热火朝天。

在狼山风景区，登顶以后可远望长江，同样是静谧的美。等到身在江边时，简直无法相信眼前的就是祖国第一大江，和波涛之海相比有着完全不一样的宽容。

有天晚上，在街头看见一个水果小贩，他趴坐在手推车旁睡着了，表情是幸福的，该是怎样的安心才可在大街路旁做着生意，然后入梦呢！

人们都说，旅行就是从自己待腻了的地方去别人待腻了的地方。可若是能在陌生的城市里体验着新鲜生活，放松身心，用眼去观察，用心去感受，去观察和感受那份安静的美好，也是人生难得的境遇。

巽风有声　红尘剪影

飞鸟如歌

掠过这无声浮动的颜色

途中山水皆哭笑不得

弹指间沧海从杯中飞泻

岁月于其中长醉不醒

所有境界都摇身一变

恍如孩童啼笑　天荒地老

因缘在镜中破碎

随诗词远走他乡

路过遗忘多年的自己

慢些走,别动辄离开

住在我家楼下的舅舅不久前被查出了癌症,昨天和爸爸打电话时无意中听到了他前天晚上去世的消息。那一时的感觉很难形容,伤感之余更多的是难以接受。

我们家住的房子是妈妈单位分配的,从小时候住的老房子到后来住了十几年的新房子,他们家一直都住在我家楼上楼下。他是个特别高大健壮的男人,个子大概有一米九,据说体重足有两百斤。每次见到我时,他总会中气十足地对我喊道:“猴猴!”

小时候我总会嬉皮笑脸地和他拌着嘴,长大后变得矜持了,知羞了,反而见面时不知道如何和他打招呼了。但这丝毫不影响他的热情,每次假期回家碰到他时,总是还未等我开口,就大老远朝我喊道:“猴猴回来啦!你爸老猴呢?”他的音容笑貌在我的记忆里特别鲜活明朗,以至我始终都不能把他和死亡两个字联系到一起。

他有一个儿子,大概比我大四五岁,今年刚结婚。四五月份的时候,单位体检检查出他的身体有异样。但那时他和妻子一直忙于装修新房,儿子又刚新婚不久,一直未及去医院做详细检查。

我7月份回去的时候,正好碰上他们夫妻俩,那时候他已经变得很瘦了,脸色也不好,当时我并不知道他已经生病了,还以为他是在刻意减肥。他也并没有像往常一样热情地和我打着招呼,反而是阿姨对我嘘寒问暖了几句,问我毕业后去了哪里工作，是不是就准备留在南方不回来了。

回家后我还向妈妈说起，大孟舅舅最近好像瘦了好多。也是那时，我才得知了他已经癌症晚期的消息。可没想到病情发展如此之快，不过短短两个月的时间，他和这个世界就已经永别。

我想，他一定非常非常舍不得走。他最疼爱的儿子才刚刚完婚不久，他还没来得及抱到孙子，怎么舍得离开。

他几十年如一日地接送妻子上下班，车换了一辆又一辆，夫妻俩刚刚五十出头，还有二三十年的光阴需要彼此陪伴扶持，他怎么舍得离开。

生命真的非常非常脆弱，原本那么强壮的一个人，却在疾病和死亡面前，变得如此不堪一击。

记得很久之前我曾经看到一篇关于海子的文章，名字叫作《好好活着就是一种爱》。

1989 年 3 月，在冰冷的铁轨上，诗人海子用卧轨这种方式结束了他的生命。那个曾写下"面朝大海，春暖花开"这样美好诗句的男人，在 3 月杨柳冒青的时节，在他 25 岁的时候，让铁皮火车碾过了他的身体，只留下一地血花，一个不朽的灵魂，和无数句深入人心的诗歌。

他毅然决然抛去凡尘决定赴死的原因，我无从而知，只是这篇文章，给了我非常大的触动。文章大意是站在海子母亲的角度，讲述海子去世之后，他母亲的一些感受，其中有几句话我印象特别深刻。

文章说："当冰凉的铁轨上躺着一个血腥的生命，一个母亲的心，再也经不起碾压。在生日那天结束自己的生命，也许，这是世界上最让一个母亲心碎的事情。"

文章说："从此，母亲的视线一天也没有离开过儿子的土坟。陪同儿子入眠的，是母亲的灵魂。"

文章说："海子自杀后，很多人惊呼，这是一颗彗星的陨落；更有人叹息，他的诗歌是惊雷。然而，在母亲的眼里根本没有彗星，只有连着她心房的一个生命；更没有惊雷的声音在母亲的耳畔响起，在耳畔响起的，只有一个孩子在梦呓里的啼哭。”

我脑海里总会闪烁过一个凄凉的画面：在海子去世后的几十年里，海子的母亲带着满头银丝，日复一日，步履蹒跚地去给海子扫墓。母亲浑浊的双眼早已看不清旁余的万事万物，只是在黄沙当中望着儿子的土坟，流下两抹清泪。

我想那一年，不过才 25 岁的海子走得太过决绝，若多给他十年时间的经历，他未必会做出如此草率的决定。作为诗人，海子无疑是伟大的、值得尊重的；但是作为儿子，他轻生的行为却是如此自私和荒唐。

高中时最喜欢的作家三毛，1991 年 1 月在医院抢救无效，离开人世，年仅 48 岁。

《撒哈拉的故事》里，三毛所展现的自己，是那么一个积极地面对生活的女子。我当然能理解，她骨子里其实天生充斥着深深的悲观和敏感，我亦能理解，她的一生挚爱荷西意外死亡后，她那种彻头彻尾的痛。

她曾到处演说，告诉青年人热爱生活，不要放弃希望。她曾在荷西去世后，答应友人绝不自杀。我能理解她所有的痛，但我更加相信她是那般坚强的一个人。所以我实在想不通，她在荷西去世 12 年后，突然选择死亡的理由。关于三毛的死因一直众说纷纭，死后的传闻也层出不穷。

作家倪匡曾说：“三毛对生命的看法与常人不同，她相信生命有肉体和死后有灵魂两种形式，她理智地选择追求第二阶段的生命形式。”三毛的母亲却说：“在我的眼里，三毛不过只是一个平凡的孩子。”

我一直是个在“死亡”问题上有所忌讳的人，即使在平时的玩笑中，也绝对不会说出“你去死吧”这样的字眼。并非我胆小怕事，而是对于生活，我有着一种深深的眷恋。

这个世界上有太多我牵挂的人，我不过是芸芸众生中一个再平凡不过的存在，可我仍能体会到周围至亲对我时刻的牵挂与爱。

我不是不能理解想要轻生之人的痛苦，尘世间太多纷扰嘈杂，几家欢喜几家愁。可是你要知道，这个世界上有太多太多渴望生命、渴望生活的人却因为各种各样的原因不能再继续停留，而你还在这个世界上健康地活着，这些对于他们来说，千金难买。

生活当中确实有太多不如意，失恋了，失业了，生病了……这些原因一旦被加在个人身上，就会被无限放大。可是我想说，即使你只可以在这个世界上多停留一天，你都不该轻易地放弃。

只有活着，你才能去开始新的恋爱，才能牵着恋人的手，幸福地说着“愿有岁月可回首，且以深情共白头”这样的铮铮誓言。

只有活着，你才能有动力去奋斗，去拼搏。在无数次挫折失败后，终于实现自己的梦想，和后辈们感慨地说着“不忘初心，方能始终”这样的谆谆教诲。

只有活着，你才能有精力去和疾病抗衡，去体会健康的可贵，去珍惜你现在所拥有的一切。

这个世界上，没有什么比“健康平安地活着”这几个字更让人觉得温暖了。

你还没有去看阿尔卑斯山的一片雪白。

你还没有去看撒哈拉的大漠无边。

你还没有去看太平洋的波澜壮阔。

你的生活才经历了那么一点点小小的挫折，你怎么忍心离开。

我想要对所有有过轻生想法的人说，你所有为生活付出的挣扎和努力，最终都会汇成千百倍的幸福回报给你，你可以不相信，但请你无论如何也不要放弃。

因你的身边还有太多太多人，他们的目光始终在你身上，你的一举一动，都牵扯着他们的心。

人说岁月匆匆，日子过得太快，让人无奈。

我说你慢些走，看看这世界的广阔繁华，别轻易离开。

偷影子的人

“看一座城市，要看它是否能让穷人有尊严地活着。”一部京味儿十足的《老炮儿》，让低头吸霾的老北京挺直腰板，借一票市井小人物之口，告诉与帝都相隔万里的同胞：北京，就是这么一座能让穷人活得有尊严的魅力之都。

南方人从没接触过“老炮儿”一词，就像你跟北方人说“流氓阿飞”，他可能也是一头雾水。不过，导演镜头下的“老炮儿”不是传统观念下为非作歹、无恶不作的地痞流氓，他是事事讲规矩，嘴里不停念叨“一码事归一码事”的老江湖。义字当头，爱打抱不平，即使身份卑微到尘埃，依然不顾性命，对国家大事念念不忘……

这是北京独特人文情怀的缩影。细心观影的人会发现，当大多数人的谈资还停留在日常生活里的柴米油盐酱醋茶时，穿梭在北京胡同的大爷们，即便围在一块儿逗鸟，也不忘捎上一台古董收音机，心系常委选举与新政策等看似遥不可及的家国大事；坐上出租车，操一口北京地道方言的司机，还能深入浅出地跟你分析打车软件带动的出租车行业改革。真正领略北京的独特文化后，再回看《老炮儿》，可能就会理解冯小刚饰演的“激进老头”为何要苦口婆心地教育不礼貌的问路青年。愤愤不平地插手城管收车不说，一大把年纪了愣是跟一群二十出头的“富二代”茬架，用自己的方式化解下一代闯下的祸事；折了自尊、搭上老命，好不容易摆脱困境，又非要粗暴地走进另一个谜团，吆喝着“该办的事咱还得办”。以“张学军"为首的"老炮儿"群体勾勒出了隐藏在"胡同"深处的老江湖,他们身上折射出的市井文化,巧妙地回应了如今浮躁功利、金钱至上的现实社会。

导演透过镜头,向崇拜古惑仔的港迷们展示了北京大院的市井风情,"一故一新"两代人带着影迷邂逅"扛刀冰上走"的岁末江湖。"侠义""规矩"为这部述说人情、人性的电影抹上了一道江湖色彩,然而,纵观整部影片,最能触动人心弦的还是那对"半疏半离"的父子。父子俩一碰面就跟吃了枪药似的,恨不得用最难听的话宣泄愤怒,可每次落魄地跌倒时,他们会义无反顾地伸出手,做彼此"最亲的人"。看到前半部分,很多人会感慨这就是再普通不过的"中国式父子",因为我们身边充斥着太多这种亲缘关系难以修复的例子。即使还没到"短兵相接"的地步,自动过滤父母嘴角和眼周皱纹的子女也做过不少中伤他们的事。

岁月辗转成歌,写在时代的年轮上,银幕定格在"年轻的张学军伸出手指,牵引跌倒的张晓波",我们不禁反问:与父母面红耳赤地争吵后,是否还能回忆起父母用青春为我们换来的无忧无虑的童年?百无聊赖地躺在床上刷朋友圈时,是否还能记起最后一次静下心与父母促膝长谈的日期?与好友煲数小时电话粥做无病呻吟时,是否想过父母跟"张学军"一样时时期盼铃声响起,传来心心念念的问候之音?其实,不止一次听前辈说:"没有做过父母的人,不会懂'可怜天下父母心'的深意。"每每听到此,最直接的反应就是又要来老生常谈了。然而,"张学军牵引幼子"所带来的即视感让我想到了我的父亲。自记事以来,父亲给我最深刻的印象就是不苟言笑,导致很长一段时间我都不敢靠近他,即使在大街上碰到也会躲得远远的,儿时的同伴至今还时不时地调侃:"你们不像父子,倒是像猫和老鼠。"我就在对父亲的敬畏中度过了整个童年,直到16岁那年,父亲问我想要什么生日礼物,"如路人般陌生"的父子关系才开启"破冰之旅"。或许是童年留下的阴影面积太大,每次与父亲交流时总会沉默不语。离家后,即便很长时间不通话,拿起话筒的那刻还是不知从何说起。然而,亲情就是不论相处得好与坏,也从不曾怀疑他们为我们付出的真心。

“人们常常把一些小事抛在脑后，一些生命的片刻烙印在时光尘埃里，我们可以试着忽略，但这些微不足道的小事却一点一滴形成一条链子，将你牢牢与过去连在一起。”在这场岁末江湖里，我拾起了遗留在年轮里的记忆，想起了不苟言笑、让我敬畏又深爱的父亲……

雏菊花开

每天早上7点，文音都会被隔壁的小提琴声吵醒。

那对母子搬进来后，这已经是文音第N次被吵醒了。没办法，这该死的破房子隔音效果非常差，还总是停水停电。她用手将耳朵牢牢堵住，可是那刺耳的断断续续的小提琴声还是如影随形地钻进她的脑子里，让她无法忍受。爬起来用拖鞋对着隔壁的墙上一阵敲，终于清静下来了，但文音已无半点睡意。

这是她和男朋友分手的第三个月，已经整整两周没有出门，该死的工作也辞了，每天就窝在这租来的十几平方米的小屋子里，昏天暗地地睡着，不然就是看韩剧，发疯似的笑着或者又号啕大哭。偶尔神经短路就跑去出轨的男明星微博上大骂一通，博得几个陌生人的附和，以此来平息自己的愤慨。

这个世界实在有太多事情让文音想不通了。她想不通为什么自己要住在这个贫民窟似的房子里，过个走廊还要侧着身，为什么看到漂亮的衣服和鞋子，第一反应是去想这个月付完房租水电费还剩多少钱，为什么跟自己交往了5年、看起来老实本分的男朋友会背着自己劈腿公司女同事长达一年之久。是否生活就是如此这般不断的希望，又不断的失望，最后变成绝望。

3月的深圳开始喜欢下雨，文音打开冰箱，发现里面空空如也，不得已只好换上衣服打算去楼下超市买些吃的。回来的时候恰巧遇见隔壁那对母子，似乎也是刚刚从外面回来，老旧的自行车湿漉漉地停靠在走廊边，水珠嘀嗒嘀嗒落在门口，不一会儿便形成了一个小水洼。

文音黑着脸，准备将累积了许久的怨气发泄出来，那女人的身后却钻出来一个小男孩，眨着眼睛笑眯眯地看着文音，脆脆地喊了声“姐姐”。文音呼之欲出的怒气瞬间像被水浇灭的火焰，扑腾了两下就没了星火。文音没说话，低着头侧身从她们身旁经过，眼睛扫了一眼她们开着的房间，一眼就可以看完的房间里收拾得干净整洁，窗台上居然放着一个简单的花瓶，里面插着几支淡黄色的小雏菊，为这个家增添了一抹色彩。文音有些惊讶，因为她们看起来不像是有多余的钱来讲究生活情调的人。

雨后的深圳有些阴冷，走廊里漆黑一片，不时有风呼呼刮过，“咚咚”，门外响起了敲门声，是那个小男孩：“姐姐，今天妈妈会晚点回来，我一个人有些害怕，可以在你这里待一会吗?”文音将门打开，他高兴地跳了进来。文音陪着他在小沙发上看电视，忍不住问他：“每天早上是你在练琴吗？那么早!”“是的，那是妈妈送我的生日礼物，妈妈说是在旧货市场找到的，比商场里卖的便宜好多好多呢，可是我没有钱去上兴趣班，所以我就在家里自学。”“那你爸爸呢?”“爸爸去世了。”文音想起那个有着黝黑面容、每天都很忙碌的女人，她独自带着孩子在深圳打拼。究竟是怎样的信念，才能为孩子买一把小提琴，才能在窗台的花瓶里放进几支充满生机的小雏菊，低调却努力绽放美好!

雨季快要过去时，文音把房间收拾得干干净净，把冰箱里过期的食物扔掉，补充了新鲜的水果和酸奶，去了一家不错的公司面试，顺利成为一名上班族。她还是住在这简陋的小屋子里，每天清晨依旧会被刺耳的小提琴声吵醒。但是生活似乎在慢慢朝着好的方向发展。很多事情是有期限的，就像冰箱里的水果放久了会坏掉，一场雨季过了太阳总会升起，失恋也不是什么大不了的事情，没有理由不再相信爱情。但是有些事情是没有期限的，例如信念，例如希望对待生活的美好愿景，就像存在简陋贫民窟内的小提琴和窗台上的小雏菊一样，只有心怀希望，心怀美好，才能嗅到生活花香。

梦里只剩下狮子

十年前的冬天里，亨特·汤普森在自己科罗拉多州的家中吞枪自杀。

在他的讣告中，写作人引用了汤普森自己的句子，谈的是海明威的自杀："最后，他做了他认为最适当的事，用一把枪结束了这一切。"汤普森理解海明威的绝望，而当他发现自己同海明威一样，再也无法控制自己的世界时，他做了相同的选择。

这位"刚左"新闻教父永远停留在了68岁的年纪。如果要追溯他时长67年的传奇一生，时间则要倒推到更为久远的20世纪50年代。

二战已经结束，经济持续繁荣，美国发展日渐式微，民运的风暴正悄然酝酿，60年代横空出世的鲍勃·迪伦还没离开白雪冰封的明尼苏达……就是在这样的背景之下，年轻的汤普森只身前往波多黎各，在一家二流报社当起了体育记者。1958年，汤普森在打字机上敲打出《朗姆酒日记》的草稿。在这部半自传体小说中，汤普森记录的正是那段波多黎各岁月：

宿醉未醒的保罗·坎普初到圣胡安，打算在这里开始一段不一样的生活。没过多久，他发现原来这里跟自己所来的地方并没有什么两样——"当阳光热到可以将所有的幻想蒸发，我看清了这个地方原本的面貌——低俗、阴沉、虚伪……"

圣胡安没有英雄，有的只是一群不知今夕何夕的半醉半醒者。坎普的同事们，不是醉鬼，就是暴力狂，领导丝毫无法掌握局面，记者们相得益彰地没上进心，他们喝着没加冰的、偷来的朗姆酒，做着关于新闻理想的白日梦。在那座孤岛上，像坎普一样的理想主义者，最终一事无成，只有在喝醉时，才有做人的尊严，才是“冠军”。

……

《朗姆酒日记》写的是60年代的西方，而那个时代和我们今天生活的时代是如此相像：虚荣、金钱主义、怀揣梦想却又忐忑不安的年轻人，欲望在灯火辉煌中毫无保留地释放，人们整日谈论着名流和名牌，理想主义者难有立足之地。他们或者在庸常的生活中麻木、沉沦，或者鼓起最后的勇气选择离开，而下一站在哪里，没有人知道。

这只是汤普森的第二部小说，在那之前，他还写过一部《水母王子》，只是那部书从未出版过。《朗姆酒日记》远称不上汤普森最为重要的作品。比如《拉斯维加斯的怕与恨》可是被奉为与凯鲁亚克的《在路上》一样的反文化经典。《朗姆酒日记》的意义，不仅在于它忠实地记录了汤普森生命中的一个片段，也在于自这部作品开始，经过这本小说，这位“刚左”新闻教父、散文文体大师开始形成了自己的风格。

往后的日子里，汤普森做了《滚石》杂志的特约记者，开创了“荒诞新闻”一派，用小说笔法写新闻，跟马尔库塞、金斯伯格、凯鲁亚克一起成为反文化先锋，他组建“怪物党”，诅咒老布什，痛批海湾战争，谴责美国精神的堕落……再后来，在68岁那年，他同海明威一样，用一把枪结束了属于自己的传奇。

2005年的那个夏天，汤普森的挚友、好莱坞影星约翰尼·德普，按照汤普森生前的遗愿，将他的骨灰装进大炮，随着七色烟花射向夜空，成为他传奇一生最后的惊叹。

今天，当我们阅读这部小说，当我们看着那时正风华正茂的汤普森，借用32岁的坎普之口，以失败者的口吻讲述那段真实的经历时，不得不再一次感慨时间的残忍。就如同汤普森在《朗姆酒日记》中所描述的那样：圣胡安的夜晚的声音，在城市潮湿的空气中一层一层飘荡着——生活的声音、行动的声音、人们准备出发或准备放弃的声音、充满希望或极度忍耐的声音，不过，在这些声音的背后，有上千座时钟发出嘀嗒嘀嗒的小小声音，在加勒比海漫长的夜晚，宣告着时间的流逝。

汤普森的传奇已经终结，属于他和金斯伯格、凯鲁亚克的时代也早已一去不复返。如今，我们的梦里只剩下狮子，狮子的吼声已不复存在。

读书的好

工作之余，去读书，可得种种好处。最大的好处是让人忘记自身的低与失，不再计较、挣扎、盘算，像是入了禅定，剩下一个“静”字。便是这静，可以使我们踏踏实实地去过生活。

初到天津时，周末索然无味，只好读书去。三四月间的天气，还有些冷。一本书看到晌午，肚子就会很不争气地“咕咕”响，饿得慌。正好读《美食家》，陆文夫写主人公为吃头汤面，会特意起个大早坐黄包车赶去店家：“眼睛一睁，他的头脑里便跳出一个念头：‘快到朱鸿兴去吃头汤面’。”我是不曾吃过这头汤面，却对苏州一地吃面的讲究颇为好奇，特意问了懂得食之味的邻人，方知，头汤面是面条店一天刚开门时，用换上的清水所煮出的面条，面碱味淡，汤清。头汤之后，店家一个早晨要卖出上百碗面，汤是不换的，面下多了，汤水变浑，味道也就变了。于是更馋了，效仿人家，也赶早去吃面。只可惜，时过境迁，面煮出来还要上浇头，那浇头却是前一日或更早时间煮出的所谓骨头汤、鸡汤之类，已不知味。

在另一本书中，我读到南方某地的民谚“一月藜，二月蒿，三月四月当柴烧”。是说不时不食，教我们什么时节有什么样的食材，不要冬天吃西瓜，夏天吃橘子。四季往复，物候变换，根据食材上市的时间选择吃或者不吃，是对食物以及自己的尊重，也是对生活的敬重与珍视。带着这样的心情，去交好的人家里玩，做吃、叙吃，皆是滋味。

及至暮春，郊外油菜金黄，卫津河流水荡漾，街头卖樱桃草莓桑葚，城中开着晚樱海棠丁香。我临时租住的四化里，是唐山大地震之前所建的小区，年久日深，常能见到楼道某处燕巢新筑，多是家燕与金腰燕两种，立在谁家墙体垂落的布满灰尘的电线上，悠长不断地啼叫，雏鸟还未出壳，野猫在丁香丛中倏忽而过。太阳暖融融，窗格投下光影。很适合读诗呢，因而十分矫情地翻出一首《陈风・月出》，"月出皎兮，佼人僚兮"虽是忧愁，却使人愿意怀有温柔的希望，就像迟日春暮里渐来萌蘖的枝芽。那时候，生活还没有着落，正在想家，诗里忧愁怅惘的情感在心间沉淀。然而，又读到"鸟则鸣啭可听，且振羽回头"一句，觉得大自然也是生机勃勃的了。蔷薇爬满墙，蓬蓬的花香，无穷无尽。

那时居处小区遍植高大树木，租住的宿舍窗外长有一棵楝树，学名"苦楝"。春分过后，苦楝枝头萌生新绿，个把月时间，新绿渐入翠绿，至深绿。此后某一天，清晨拉开窗帘，看到满树重重的羽状复叶，翠绿纷披，如帷如盖，一树碧情。真好看啊！待到清明，深绿叶间冒出星星点点的紫白，像是青花瓷上细微的花纹，而苦楝花香馥郁持久，不惧风雨，犹使人喜爱。闲时，骑车去荒岛书店借书，和女老板讲起苦楝树，她说："风到楝花，已二十四番吹遍，楝花是春尽夏临的花信呢。"她的话不假，楝花开盛时，女贞花刚落，已到了立夏节气。后来在唐宋诸多文人的诗词之中读到楝花，都要抄下来记住。在宋时诗人何梦桂的《再和昭德孙燕子韵》中，读到"处处社时茅屋雨，年年春后楝花风"一句，仿佛遇着知己般，诉出了思乡之人心中向往的景象，格外亲近，对楝树的感情也更加深了一层。有时候，路过城市一角，见到苦楝树，会停在树下站一刻，看着它，就像看见自己，在一个陌生的地方，是如何自在地生长。

梭罗说："你脚下踏着的这点土，你如果不觉得它比这个世界上任何别的土更甜润，那我就认为你这人毫无希望了。"这话充满智慧。所以读书可得种种好处，最大的好处是能尝到食物的鲜美，看到花开了，感受到四季轮回，日月变化，世界和生活都安静下来。

便是在这静里，读懂遇见的故事，珍惜可亲可爱的人情。岁月流转，无可回头，只以深情，度此余生。

震雷接地　不惊人梦

于无声处

警觉

惊起凤凰回首

去寻那绝世红颜

却看见一剪寂寞的梅花

依旧寂寞的红

浮名于瞬间倒影在大江之上

顺水在前一秒没过千年

服输小姐

她熄灭了烟,跟我说要告别从前。姑娘坐在我对面,掐灭了手里的烟,吐出一个巨大的烟圈,差点把我呛死。然后坚定地对我说:“我愿赌服输。”

今天是她和好好先生分开的第115天,每次提起他,愿赌服输小姐都会抽根烟。抽烟的习惯是在和好好先生分开之后养成的。别人一醉解千愁,她偏偏用一个又一个烟圈遮挡她的泪眼迷蒙。我有时候会劝她:哭一场吧,那样至少会舒服一些。但她从不听我的话。

几年前,愿赌服输小姐因为工作的一些小小失误,被总监骂得狗血淋头。她承认是她自己有错在先,可是,总监还是抓着不放。她本来脾气也就不好,一气之下,把这些年她看不惯总监的所有地方,还有私下里同事们议论的总监的不是一股脑全部倾泻而出。“老娘再也不伺候你了!”把这句话甩给总监,连自己办公桌的东西都没有收拾就大摇大摆地走出了公司大门。我是第一个知道她把自己上司炒鱿鱼的人,也是第一个知道她立马买了张机票飞去圣托里尼的人。

就这样冒冒失失地去了,连最基本的攻略都没有做。所以,当愿赌服输小姐站在雅典开往圣托里尼的海船上时,胃里一阵又一阵地翻江倒海。她急忙回到舱内,不再看翻滚的海水,企图让自己稍微好一些。她在座位上缩作一团,两只手全部腾出来捂着嘴。好好先生就是在这个时候出现的,在愿赌服输小姐最需要帮助的时候,好好先生递给愿赌服输小姐一个橘子。“闻一下橘子味吧，这样会好很多。”愿赌服输小姐将信将疑地看着他。“我不仅晕船而且晕车，每次出行都带着它，特别有用。”愿赌服输小姐接过橘子放在鼻子旁，稍微好了一些。她眯斜着眼睛开始打量好好先生，不帅也不是特别高，但是干净，给人以亲近感。好好先生发觉愿赌服输小姐在看他。扭过头直面愿赌服输小姐：“忘了自我介绍，我叫程远。我家在上海，来雅典是被公司派来出差的。至于为什么出现在这艘船上，无非是给自己放个小假。你呢？”“嗯？哦，我叫安晚。在成都，刚把老板炒了鱿鱼，来这里，也是给自己放假。”“把老板炒了鱿鱼，哈哈，我比较欣赏你。”“这就欣赏了？认识我的人，知道我有很多地方都值得欣赏的。”

就这样，他们一起去了圣托里尼。在那个蓝与白的世界里，他们一起迎接圣托里尼的日出，一起感受雅典不落的星光，一起漫步在欧洲街道。

散步的时候，好好先生会小心地把车辆与愿赌服输小姐隔开，感受晚霞的时候，会小心地帮愿赌服输小姐披上自己的外套。还会叫来小提琴手与愿赌服输小姐一起享用晚餐，会租辆车带着愿赌服输小姐狂奔在公路上，会耐心地帮愿赌服输小姐拍每一张纪念照，会不厌其烦地等愿赌服输小姐挑选每一件自己将要带回的礼物。所有这一切的一切，没有牵手，没有亲吻，又像是所有情侣在做的事，满满的暧昧。愿赌服输小姐已经深深沦陷。

后来，好好先生回到雅典继续处理他的工作。愿赌服输小姐满面红光地飞回成都。如所有女生一样，愿赌服输小姐也在猜测：好好先生是不是真的喜欢她？会不会跟她表白？如若表白，要不要答应？毕竟，就算好好先生处理完雅典的工作回到国内，他们也是一场异地恋啊。愿赌服输小姐结束上一段失败的异地恋后已经下定决心远离异地恋了。如今，又面临了同样的难题。对方还是如此令她难以抗拒。然而，她的这些犹豫担心全部在七夕的时候土崩瓦解。

七夕这天，如平常一样到了下班的时候，愿赌服输小姐走到公司门口,看见一个人如此熟悉,像极了好好先生。但她不敢确定,揉了揉眼睛,才看清这个抱着一大束鲜花的人确实看着自己。接下来,无非是一些表白语录。愿赌服输小姐没有听清楚一句话,因为在看到好好先生的那一刻,她就已经感动到哭了。她唯一记得的是,那一天,好好先生对她说:“以后有我在,那些你很冒险的梦,我都陪你去疯。”

故事按通常的剧本继续着,虽然各自忙碌,但他们还是不忘时时聊微信,每天晚上必煲电话粥。五一的时候,好好先生说要开车来成都找愿赌服输小姐。愿赌服输小姐自然是不愿意的,交通这么方便,飞机很快就到了,何必这么折腾自己,并且开夜车也不方便。好好先生极力说服,他说提到此事,觉得浑身充满力量,从来没有一个人让他如此疯狂过,他愿意为了愿赌服输小姐疯狂一次。愿赌服输小姐也便不再阻止,好好先生开车前行的那个夜晚,愿赌服输小姐一夜没有好好睡觉,她定了好多闹铃,起来给好好先生打了好多电话。好好先生劝她好好休息不用担心,感动到说这辈子非她不娶。愿赌服输小姐也说非他不嫁。上海到成都1967.2千米,开车22个小时16分。就这一件事,好好先生用尽了全身力气去爱愿赌服输小姐。

跨年来临时,愿赌服输小姐请了假跑去上海陪好好先生跨年。她也只是想在这个看起来很重要的日子里可以陪在他身边。那一晚,外滩的风很大,吹得人很冷。外滩满满的都是人,也出动了很多警察管理秩序。他们一起看江对岸巨大的屏幕上放着“I Love Shanghai”,好好先生给愿赌服输小姐拍照,突然一阵冷风,让好好先生紧紧把愿赌服输小姐搂进怀里。有那么一刻,愿赌服输小姐觉得世界上最幸福的事,就是和她的好好先生在一起,无论做什么。9点多的时候,风更大了一些。好好先生问愿赌服输小姐是回去,还是等到零点。如果她愿意等他就陪她等,如果不等就回去好了。愿赌服输小姐想了想,觉得实在太冷,就选择了回去。第二天,一觉醒来。愿赌服输小姐看到微博推送消息只觉后怕。她才知道跨年夜上海外滩发生踩踏事件,就在他们最后待的陈毅广场。有新闻曝出一对情侣,从此阴阳两隔。愿赌服输小姐无法想象，如果昨晚他们也没有离开，究竟会发生什么。太恐怖。她告诉好好先生说他们一定要好好在一起。好好先生抱紧了愿赌服输小姐，像要把她刻在自己身体里。

这一次见面后，他们都要回到各自的公司里去忙年底的事情，少了许多通话，进而也就少了许多交流。不知为何，慢慢地，好好先生似乎总是躲着愿赌服输小姐。愿赌服输小姐每晚都等着忙完应酬回家的好好先生，希望可以多跟他说句话，可是，好好先生总是以太晚了和困了为理由推辞。愿赌服输小姐相信他是累了，也就不再打扰。渐渐地，她发现，他们好久没有打过电话了，她打过去，好好先生也就都挂掉了，总说自己很忙。就这样，推推拖拖，来到了愿赌服输小姐与好好先生交往后的第一个情人节。愿赌服输小姐虽谈过恋爱，但从来没有过过情人节。所以，她有很多期待。她会想好好先生是不是会偷偷地寄来什么礼物，或许说很多很多暖心的话。就这样，在各种地方铺天盖地地秀恩爱秀情人节礼物的时候，时间走到了晚上。愿赌服输小姐要睡觉了，还是没有等来好好先生的一句“情人节快乐”。于是，她实在忍不住，就跑去发微信告诉好好先生今天情人节。好好先生说一直忙，都忘了说“情人节快乐”。愿赌服输小姐说：“情人节要送礼物的。”接下来好好先生说的那句话，让愿赌服输小姐一夜未眠。他说：“那么远，送不到。”愿赌服输小姐的眼泪随即流了出来，她什么也没说，就退了微信。这是她人生中第一个情人节，她是哭着度过的。她告诉自己第二个绝不这样过。

后来，好好先生对愿赌服输小姐更加冷淡，微信不回，打电话不接，还连续消失了几天。愿赌服输小姐发了疯似的找他，问他的朋友，了解他的近况。每天晚上对着好好先生的头像发呆，想想曾经心如刀割。后来，有一天，好好先生终于回来了。在愿赌服输小姐的逼问下，他以懒得看手机为由回答了为何对愿赌服输小姐如此冷淡。再后来，好好先生说：“你是一个好姑娘，也许是我不够好。”就这样，经过相当长一段时间的冷淡后，好好先生还是对愿赌服输小姐提出了分手。

你没有陪在愿赌服输小姐身边，所以你永远都不知道在失恋后的那段时间里，她是怎么走过来的。对此，她让我保密。她说她不愿意让别人觉得她脆弱。她说所有的错都在于她，当初她完全可以拒绝这场异地恋的，但是她接受了，她以为她赌上的这一次会是最后一次。

分开后的日子里，好好先生偶尔会来打扰愿赌服输小姐，在他自己看来，或许这是关心，也只是关心。只是，他不知道，在愿赌服输小姐放下之前，他所有的联系对她来说都是雪上加霜。

愿赌服输小姐熄灭了烟，对我说，此生再不相见。

有时不爱好像没有原因，好像也没有对错。愿相爱的人永远亲爱，愿不爱的人都成为陌生人。愿你足够幸运，愿你再赌必赢。

有情人

“卑鄙是卑鄙者的通行证，高尚是高尚者的墓志铭。”北岛的两句名句我是不愿信的，却常常不得不信，而这“不得不信”的来由，全不在今日，皆源于古时。千百年来，多少风流人物，恰有情，常无奈。

有情人的无奈，不外乎两类：一为家国，二为佳人。

无奈家国者，首先便是“力拔山兮气盖世”的霸王项羽。这位“目生重瞳”的第一英雄虽自小无父无母，但出身楚国贵族的他依然受到良好教育，少年时代亲见始皇巡游的皇皇仪仗、雄雄车马，他便不由地对伯父项梁说出了“彼可取而代也”的豪言。而其对手刘邦，生于乡里，当过“混混”、做过小吏，年近半百时落草芒砀，不过求一个苟全性命于乱世。鸿门宴上，项羽手握重兵，不可一世，却因收受贿赂的族叔项伯的几句劝告，便顾念了与刘邦共事怀王、并肩抗秦的旧情，放虎归山，一发不可收拾。而刘邦为逃命将妻子推下车马、为江山将生父任人宰割。两者相较，有情的是项羽，无情的是刘邦，但有情项羽最终只能悲凉而无奈地感叹“骓不逝兮可奈何，虞兮虞兮奈若何”，无情刘邦却最终豪迈得意地唱出“大风起兮云飞扬，威加海内兮归故乡”。

项羽后，过了一千多年，又一个“目生重瞳”的有情人，无奈何地登上帝位，却从坐上御座的第一天开始就如坐针毡、如履薄冰。于他而言，治国理政、抵御外敌，实无可奈何；吟诗唱词、笔墨文章，却如鱼得水。从帝王而俘虏，他不懂蜀汉后主“此间乐，不思蜀”的韬光养晦，却还深情而无奈地一遍遍吟唱“四十年来家国”“人生长恨水长东”“别是一般滋味在心头”，最终在自己的生日宴上依旧不识时务地感叹“恰似一江春水向东流”，被赵光义所暗下的“牵机药”毒死。而俘虏了他的赵匡胤、鸩死了他的赵光义，本兄弟同根，却为历史留下了“斧声烛影”的千年谜团。有情是李煜，无情是匡胤、光义，但有情的后主在42岁生日当天悲惨而亡，无情的赵氏兄弟却做了300年大宋江山的祖宗。

楚霸王也罢，李后主也罢，他们的无奈和伤悲，还都是自家的江山。而更多有情人，受着“忠君就是爱国”的儒家教育，为昏庸腐败的王朝和无德无能的君王而暗自神伤。杜工部“花近高楼伤客心，万方多难此登临”的悲伤，辛稼轩“却将万字平戎策，换得东家种树书”的悲愤，陆放翁“王师北定中原日，家祭无忘告乃翁”的悲凉，无论言词如何感天动地，最终也只能如郁达夫所说的“悲歌痛哭终何补”，无可奈何，无能改变。

相较无奈家国者，无奈佳人者在千年历史、万卷诗书中更是车载斗量、不可计数。

中国人多情无奈的最早来源恐无从考证，但《诗经》开篇《关雎》则为后代文人的多情无奈奠定了“求之不得，辗转反侧”的总基调。从此而后，才高八斗的曹子建偶遇洛神，直抒“揽騑辔以抗策，怅盘桓而不能去”的依依不舍；第一全才的苏东坡悼念亡妻，深叹“千里孤坟，无处话凄凉”的伤痛情怀；笔耕不辍的陆放翁独游沈园，低唱“一怀愁绪，几年离索”的懊悔难当；旷古豪迈的毛润之夜半思妻，轻诉“寂寞披衣起坐数寒星”的新婚初别……诸如以上，男子多情而无奈佳人者，理所当然。却还有超凡脱俗的女子，亦为佳人而生多情无奈之叹，便凤毛麟角，屈指可数了。美人自古如名将，不许人间见白头——按袁子才《随园诗话》所载，这两句感叹，非出自文人墨客，也不源于英雄名将，而是“佟氏姬人名艳雪者”的一首绝句，单单十四字，便写尽了女儿红颜薄命的惨伤，竟堪比将军马革裹尸的惨烈，古时的玉环飞燕，今日的邓丽君翁美玲，都未能逃出这十四字的无奈之叹。

红尘多少伤心事，无奈最是有情人。

古村人

2000年的时候，我第一次去宏村，那时候游客还不是很多，大多是老师带着学生去绘画采风。

那时的宏村，好像是写生的室外课堂。学生们拎着画板画架等出门，沿着水渠漫无目的地游荡，看见了什么有趣的景色或是构图，便摆好画架，坐下开始画画。有人画月沼，有人画马头墙，有人画南湖，也有人画南湖里那一片残荷。天气是阴雨绵绵的，连带着画也透着一股清冷的感觉。偶尔也会有游客经过，驻足静静地看着他们画，遇上懂画的，也会聊上一段时间。有些学生会偷偷地跑到后山那边，山上下来的小溪冲出一小片河滩，在那里安静画画或是和好友戏水打闹……

白天的时光，和学生们一样，我也是清晨出门，独自一人去了后山和河滩下游的大坝。归来的路上，迷路了，偶遇一只白色小狗，那小狗一直在前面带路，跑快了，还会停下来等等我。结果走走停停，翻过一个小山头，又回到村子里。

夜晚的宏村，没有了白天的喧嚣，夜色笼罩下的宏村很是静谧。没有路灯，没有来去匆匆的游客，有的只是家家户户门前一盏盏的灯笼和从半掩的门扉里传出来的说话声。这种时候，才会感受到宏村是经历了数百年时光的古老村落。被雨水浸湿的青石板路，门前流过的潺潺清泉，古老的槐树，破旧的木门，门头上挂着的大红灯笼以及门里隐约传出的说话声,在蒙蒙细雨里流露出一种经历过百年风雨之后的沧桑。

一生痴绝处,无梦到徽州。江南多古村,宏村是我去过的第一个古村,无可替代。

豪门女

Lilian，我的朋友；大波司，Lilian 多年的好友；小波司，大波司的儿子。

大小波司共同经营的家族企业早年从餐饮行业起家，到后来涉足房地产，几乎步步踏准，积累起天文数字般的财富，目前主要经营红木家具、古玩字画、和田籽玉等奢侈品，用"身家数亿"来形容也不为过。一次，我随 Lilian 去大波司在虹口区的一家并不对外开放的顶级私人会所做客，聊着聊着，话题自然转到了小波司的终身大事上——也难怪，女人嘛，不八卦这些家长里短就难受，更何况，面前的小波司玉树临风潇洒倜傥，眉清目朗貌比潘安……最重要的是，还那么那么，多金。

小波司和我们印象中的很多"富二代"不太一样。一不玩车，二不沾烟酒，三不乱碰女人，每天都在公司里和下属们一起工作、加班，十分踏实勤奋，在他的努力下，家族企业发展之路愈加顺畅，这让大波司是相当欣慰和放心。当然，小波司也并非不识人间烟火的高冷寡欲之人，女朋友，还是要找的。Lilian 是看着小波司长大的，一直就对其关爱有加，自然少不得插插手发发言。说起小波司之前谈过的两个女朋友，Lilian 颇为自得。因为她当时都不看好。事实证明，也确实未能修成正果。女人们来了兴趣，纷纷追问 Lilian：为什么呢？

Lilian 清了清嗓子，娓娓道来：女孩子的身材相貌自不必讲，这是基本条件。家世呢，与小波司家不好比，但也算得上富足人家，教养、品位都没得说。那问题出在哪里呢？从两个细节说起。

小L是个乖乖女，每次和小波司见面，都像只小猫一样依偎在他旁边，脉脉含情。有一次，她和小波司一起出席大波司举办的一个家庭聚会，正好Lilian也在，大家围坐一桌，谈笑风生。按理说，在这种场合，准媳妇和准公公也没啥话好聊，小L一如既往地做好那只猫咪就好。不过，小L从见到大波司的第一眼开始，直到入席落座，眼睛就一直望向大波司。无奈，小L和大波司坐的位置既不相邻也不相对，所以，既无法就近相互照顾，也没什么机会让目光交汇。大波司和身边的朋友聊得酣畅，一直没有注意到斜对面那双丹凤眼里射过来的如炽热情，但小L并未放弃，始终以最优雅的姿态严阵以待。终于，一位老友在小L身后叫了大波司一声。随着大波司目光朝向小L这边，她那张本来就很漂亮的脸蛋绽放成一朵更加娇艳欲滴的喇叭花，眉飞色舞的脸部肌肉久久没有放松，几乎要凝固了。

殊不知，这一切，都被Lilian尽收眼底。事后，在和大波司聊天时，Lilian毫不客气地说，这女孩儿不合适。道理，我们似乎无须再多说了。

小M接了小L的班。相处了一段时间后，Lilian问小波司感觉如何。他很开心地说，非常好啊，从没见过脾气这么好的女孩儿呢！原来，小M懂事极了，对小波司极端迁就，无比宽容。有一次，小波司因谈生意，约会迟到了整整3个小时，做好了迎接小M暴风骤雨般责难的思想准备。不料，小M一点儿也没发火，还关心小波司有没有按时吃午饭，比起之前小波司交往过的几个骄横跋扈的小娇娘，真是有着天壤之别的好！

“傻瓜！她这是在用3小时换你的一辈子呢！”一句话，让小波司彻底傻了眼。后来，因为各种原因，小M自然也没能成为那个走到最后的人。Lilian的这个评价有没有起作用，谁也说不清。

听到这里，我们有些不以为然了。“Lilian，你是不是有些太偏频了？”

“绝对没有！谈恋爱的小姑娘，别说等男朋友3小时了，就是等3

分钟，也会作天作地不罢休呢！连眉头都不皱一下，你们觉得正常吗？若不是心怀‘大志’，断是受不得这种委屈的，除非她是个受虐狂！”这里的“大志”，我们当然知道指的是什么。一时，我们无语反驳。

平心而论，无论是大波司还是小波司，尽管腰缠万贯，都不是自恃过高的人。一个平地起家，经历过沧桑岁月的反复洗礼，懂得看人既要有发展的眼光也要有辩证的思想；一个遗传了父亲的情商与财商，又受过美式教育，待人接物都在路子上，沉稳有加，问他选择另一半的标准，真的说不出个所以然，只会说“简单一点，普通一点，实在一点”。

简单，普通，实在，这几个词的境界太高了。别忘了，他们“实在”不是“简单”的“普通”人家，是豪门。

我为姑娘们感到不值。

一方面，我从不认为，想嫁豪门的姑娘不是好姑娘。公平地讲，豪门光环对于人们的吸引力，当然绝不仅仅体现在待嫁的姑娘们身上。但是，这世上有几个姑娘能像范冰冰那样自豪地宣称“我就是豪门”呢？婚姻不亚于二次投胎，追求更有质量的生存环境又有什么错呢？让后代含着金汤匙出生，总好过在寒门里连进口奶粉也买不起的那一声叹息吧？如果同时还能遇到真爱，那就是人生赢家了。

可另一方面，我也想对姑娘们说，豪门的门槛儿，难迈啊！豪门代表了一定高度的阶层，能够与贵子们相识相交的姑娘们，多半也是经历了足够的修炼、达到一定的优秀程度方可企及，但这样的优秀，在豪门眼里，值几个钱呢？小L或许来自一个正统的家庭，受到父母良好的教育，却只因怀抱了那点“想得到准公公喜爱”的小心思，急了些，就被看客们一锤子打到谷底；小M说不定真的是个善良极了的姑娘，不懂得撒泼打滚是女孩的专利，更体谅和心疼男友的辛苦……可是，对不起姑娘，只要你想嫁的是豪门，你就没有资格谈理想和真爱，更少有机会展现你真实的内心，你只配被看客们剥光了放到展台上指指点点：看，这就是那个爱慕虚荣的女人！

而对豪门贵子，我想给一记响亮的耳光。

不要以为自己站在金字塔尖，就可以把所有姑娘都踩在脚底下，投以审视的目光。想进你家门的她可能虚荣，可能渺小，但也有自尊和骄傲，你可以选择无视，却请不要去践踏；不要以为接近你的她内心都只有物欲横流，这样显得你对自己这个人本身更加没有自信；不要以为喜欢物质生活的她就不可能有高尚的精神世界，你们混经济圈搞商业的，应该懂得经济基础与上层建筑的辩证关系。

不过话虽如此，还是要忠告一句：真爱，你们就不要奢望了。醒醒吧，上帝是公平的，他已经让你们在财富上得到了极大的满足，就不要以为，自己还有资格去要求其他一切美好的东西。对于那个将走进你们家的陌生女孩，那个同样是别人家父母掌上明珠的姑娘，如果可能，拿三把尺比照着去想办法迎进来就是：一要门当户对，彼此家产最好不相上下，这样你才不怕被惦记着；二要带得出去，所谓入得厨房出得厅堂，这样为你撑着门面；三要身体健康，为你传宗接代贤良淑德，做你家需要的那半边天。如果碰巧这个女子还让你爱上了，那应该是你们家祖坟冒了青烟吧。

对所有姑娘发自内心的怜爱之心，对所有豪门发自内心的景仰之心，是非本无定论。缘分，天注定。

坝上人

自从有了长假,各地的景点就人山人海,该去哪儿躲避人潮呢?偶然的机会从同学那儿听说了游侠客这个名字,一个与众不同的旅行网站,蠢蠢欲动,有种终于找到组织的感觉。于是,金秋十月,背上行囊,一路向北,和一群来自各地的有缘之人开始了难忘的坝上之旅。

首都的天空因为我们的到来变成了少有的国庆蓝,迎着秋高气爽我们驱车向草原出发。随着视野渐渐开阔,乌兰布统草原近在眼前,这个因康熙皇帝指挥清军大战噶尔丹而著称于世的神秘境地,更以其迷人的欧式草原风光,成为中外闻名的影视外景基地。有着南方优雅秀丽的阴柔,又具有北方粗犷雄浑的阳刚,兼具南秀北雄之美,蓝天白云下,不用风吹草低就见牛羊的实景就摆在了眼前,差点以为是 Windows XP 的屏保桌面。导游很能理解我们的心情,让司机把车停了下来,我们迫不及待和草原羊群来个亲密接触,久久不愿离开。导游苦口婆心一阵劝:比这美的风景多了去了。大家心里涌起了无限的期待。

我们驻扎的小镇是游侠客们的基地,热情的坝上游侠客为我们准备了烤羊腿大餐,草原独有的美味和热情让我们忘记了一路的劳顿之苦,蒙古独特的歌舞感染了整个小镇的人。

10 月的草原已是初冬,没有爬起来看草原日出的勇气,睡到年轻人看完日出回来,自由组合选了辆霸气的越野车向草原深处进发。

初冬的白桦林将阳光融进自己的枝叶,金光灿灿,淡红的枝梢楚楚动人，伴着苦霜勾勒凝重的色彩。雪白的树干和金黄的叶片相互衬映，相得益彰。有风吹过，它们便一齐沙沙地唱响起来，显得摇曳多姿妖娆可爱。白桦林疏密相间，疏可驰马，密不通风。草甸边缘的漫坡，有的地段长满了桦树，大片的桦林密不通风。钻进去，枝叶遮云蔽日，不知道林子有多大。有的地段桦树稀稀疏疏，有单棵的，有三五一簇的，有几十棵成丛的，美不胜收。早上太阳斜照，逆光将一道道山梁打出了高光轮廓线，明暗反差渲染了大环境的朦胧美，构成了一幅幅古希腊油画。小山坡上的白桦林让我不禁唱起了朴树的那首白桦林——天空依然阴霾依然有鸽子在飞翔，谁来证明那些没有墓碑的爱情和生命；雪依然在下那村庄依然安详，年轻的人们消逝在白桦林。凄美，是白桦树的代名词。

来到五彩山，由于微霜冻的作用，山上不同的树种因抗寒能力不同而呈现出不同的颜色，五彩山像是披上了节日的盛装，松的绿，柞的红，杏的紫，桦、杨的黄、白……赤橙黄绿青蓝紫，百色争艳，姹紫嫣红，真是“万山红遍，层林尽染”。大有大场景的壮美，小有小环境的柔姿，不知道哪儿美哪儿更美，有童话世界之比。山不高，小伙伴们一口气就登顶，把坝上草原的美景尽收眼底，藏进了相机。

蛤蟆坝是一块高起的平缓坡地，三边是“沟”或低地。这里地貌独特，秋天景色绚丽多彩，漫山遍野的红叶，流金溢丹，簇簇红叶中，明黄的白桦叶融合在一起，汇成一幅幅浑然天成的图画。山坡下，沟膛里，依山就势，散落着几十间茅屋草舍和新盖的红砖瓦房。鸡鸣犬吠，炊烟袅袅，很有一种古朴原始的田园风味。山顶是一片白桦树，山腰是一块块不规则的梯田，山麓是三三两两姿态优美的老榆树，树木间隙是木栅围成的或圆形或矩形的羊圈、牛栏。在摄影人眼中，这是一个百拍不厌、常拍常新的摄影创作“宝地”。先于我们到这的摄影团的老爷爷老奶奶们日出时就到了，带着“长枪短炮”，每一处都不放过，赞叹不已。而我却独爱来时路上经过的白桦林，层层叠叠，绵延不断，手里的相机一直没有放下，有种想换镜头的冲动，要把这些美景都留下绝非易事。

草原上的最后一站是公主湖，也是我最难忘的地方。相传是康熙大帝的三公主蓝齐格格被迫嫁给噶尔丹，途径内蒙古草原，悲极而泣泪流成湖。到这儿时太阳开始落山了，夕阳下的公主湖格外凄美。在晚霞映衬下，波光闪闪，水天一色，白云蓝天、明月寒星倒映水中，使公主湖平添了许多魅力。湖边白桦树和各种灌木、杂草、野花组成一幅美丽的画卷，坐在湖边静静想着格格的故事久久不忍离去。

蓝齐格格这个康熙最宠爱的女儿，她原本已心系李光地，然父命难违，皇命难抗，她只能违心远嫁噶尔丹；她又是幸运的，草原人民热情豪放，噶尔丹的真情终于赢得了这位公主的芳心。雄心勃勃的噶尔丹要光复祖宗基业，夺回元大都故地，任凭蓝齐格格如何劝阻，两军阵前舍身阻挡，战争仍不可避免地发生了。战争的结局电视剧《康熙王朝》和淮剧《蓝齐格格》都有所演绎：噶尔丹一意孤行不听劝告，策马操刀，一场激战人亡旗倒，马革裹尸碧血黄沙。

有人说，时间是最荒诞的戏剧，时间可以冲淡一切，但我要说，时间也是最抒情的歌谣，时间也能沉淀一切，他们的爱情，不也正是在这岁月中如醇酒般越酿越香浓吗？该有多么幸福啊！噶尔丹不是英雄气短，而是儿女情太长。伤别如泣如诉的唱段道出了这段甜蜜又凄美的爱情。

草原的故事唯美凄凉，如同初冬的草原风景，美得让人心疼。和游侠客的邂逅在匆匆浏览了雾霾中的金岭长城后结束。我想：蓝天白云都留在了坝上草原，以后想自由呼吸新鲜空气只能远离都市了，一定要常做个说走就走的游侠客。

对不起，我不等你了

每个前任都曾经是对的人。

周末，相亲的日子，这样的节奏已百无聊赖地穿梭在韩旸的时光海中。

韩旸也习惯了，最开始出门前还要打扮一番，把新买的唇膏、面膜、复古的亚麻衣服都折腾一番，为了见面，连见面的呼吸都要反复练习好多遍，慢慢地也没有了那些热情。

她说：反正我要结婚，介绍了就见见呗，相亲这事儿看对眼了就成，不能像谈恋爱，目的不一样，谈恋爱也许不为了结婚，就是为了心里那千万只小鹿；相亲就是找一个壶盖，能盖上我就行。

“壶盖”寻了一年多了，瓷的、铁的、拉丝不锈钢的、紫砂的……依然没有合适的。

韩旸的女闺蜜不多，男知己倒是有一个。

任戈，从大学就在她身旁，一起吃晚饭、打乒乓球、看美剧。不知道为什么他俩总是一起吃晚饭，谁也说不清楚，也没有约定俗成。

有时，任戈会时常叫上韩旸加顿夜宵，这个城市犄角旮旯的小吃都要扫荡光了，韩旸经常批判任戈：你怎么总是带我来这种地摊吃？你就不能出出血去一趟五星级酒店来个 4 斤的澳洲龙虾？

任戈总是笑而不语，一手拿着炸串递到韩旸手里，便低头吃着地摊上手包的馄饨，有时候被问得不耐烦了，也总是那么一句话：没钱没钱，我是一个瓦斯行老板的儿子，我必须利用生意清淡的午后，在新社区的电线杆上绑上电话的牌子，我必须扛着瓦斯穿过臭水四溢的夜市……

韩旸也会回击：任哥像道灰墙，骂它也没有回响。

任戈越来越胖了，毕业的时候体重已经从130斤飙升至170斤了。

时光老了又老，来不及，体会你的好，岁月无边缥缈，不知道，谁是你的下一任。

韩旸在相亲的时候，总会和任戈说说，让他帮着分析一下男主角有没有娶她的命，任戈总不怀好意地用一句话就结束了整个咨询过程：又是你主动联系的人家吧，这么迫不及待?!

韩旸又怒了，“啪”地挂掉电话。

其实任戈每每在电话挂掉后对着话筒都说一句：如果男人不主动，即使错过了也别后悔，你要记住，选男人没别的，就是选疼你的！可惜这些话韩旸一次都没有听到过。

周六的晚上，慵懒的梧桐树没有半点声响，任戈发了个信息给韩旸：晚上空否？食色？20分钟了，韩旸迟迟未回，平时，任戈发信息，韩旸总是很快就回的，任戈心里发怵，莫名地紧张，拿起手机给韩旸打电话，在最后的一秒接通了。韩旸说今天不舒服，不出去了，任戈想再问的时候，韩旸已经挂断了电话，匆匆地。

过后的周末，任戈还是约了韩旸，韩旸心不在焉，在结账的时候，韩旸草草地拿出银行卡，却不小心掉出了火车票，上周，贵阳。

韩旸南下去找一个看似不错的男生，任戈一直对此不理解，因为那个男人从来没找过她，他经常挖苦一下，她说他讽刺她，他说他没有，他不理解，为什么她总是这么主动。

任戈还是照常给韩旸电话：有空吗？一起吃个饭？虽然联系得少了，但是生活就像一架钢琴，白键是快乐，黑键是悲伤。

韩旸总是晚到20分钟，任戈坐在位子上，看着冯唐的诗，时不时会笑出声，韩旸到了，他都没听见。“我到了，你都没听到，今晚上你请了。”韩旸霸气地说道，狮子座，可以理解。

任戈说：“后海有树的院子，夏代有工的玉，此时此刻的云，从来不冲我发怒的你。”

鹅卵石的木桶鱼、私房红岛蛤蜊、秘制鹅肝、提拉米苏……这些都是韩旸最爱的食物。木桶鱼是任戈最早为她推荐的，就成了每次最常态的必备；红岛蛤蜊是韩旸每次都要点的，她说小时候，每次家里买了这仅有的海鲜，妈妈总是说等来了人吃，所以这是每次最忌讳的必备……

她会和他喝一点点啤酒，只是轻轻地一点，而每次任戈都是一碰杯就干。

她说想起一句话，不知道在哪里看到的——“为青春买单”，其实谈恋爱就是为青春买单。他和她说“为青春买单”，听着这句话和堕胎分期差不多。

她又怒了，没吃完饭走了。

任戈说：“被爱是幸福的，可惜你从来不在乎。”从四面八方哪个方向听这句话都不像说给前任听的，酸楚楚的。

韩旸早已走过拐角。

过段时间，任戈听说韩旸最近又找了一个，是不同领域的。韩旸有一次发了个微信，对方点了个赞，就这么开始了。

人是很奇怪的动物，任戈笑着吐了口烟：舞尽春风，未肯休。

任戈开始减肥了，也不抽烟了，早起早睡，不吃早饭、午饭，就吃晚饭。很多人和他说，减肥要早吃饱，中吃好，晚上不吃，不然没有效果。

任戈依然只吃晚饭，还是那些街边的小店。

这个城市的晴雨完全超过天气预报的能力，还有不期而至的冰雹，玉兰花漫天飞舞的时候，任戈以往都会拉着韩旸去看玉兰盛开。还记得有一年在玉兰花下听一个不起眼的中年人，背着简陋的声音外扩器，口琴的音筒插在上面，吹起翩翩起舞的布鲁斯，蹩脚的口琴看着怎么也不配玉兰的圣洁，却是当时最美妙的音乐了，任戈至今依然会去玉兰花下寻找那段旋律。

时光静好,与君语;细水流年,与君别。

忽然有一天,任戈瘦了,就像时间的流逝,觉不出昨天与今天在指缝的流淌,等同学们反应过来的时候,任戈已经神采飞扬了。

任戈说:如果做一件事需要毅力,那是最苟且的结果。

不期而遇,任戈觉得这是命,在独自去看电影的等候区,任戈看到了韩旸与现任,他没有说话,也没有招手,韩旸没有看到他,一切都是在假装中进行。

韩旸已经一席超短裙、丝袜,搂着现任的胳膊,不时耳语什么,任戈以前见过很多次,却没有这般装束。

任戈没有看电影就匆匆去购物广场里买了一身长裙出来,送到电影院前台,告诉前台:韩旸女士的东西忘了拿了,请她看完电影来取。

任戈依然没有走,等到电影散场,广播里播放着:韩旸女士你的东西忘了拿了,请到服务台来取,谢谢……深夜的影院已寥无几人,广播像是拉响的火警,刺耳、求救……

韩旸来取了衣服,却连包装袋都没有打开,看也没看地挽着现任的胳膊走了。

任戈却如释重负,静静地一个人,也许时间是一种解药,也是现在所服下的毒药。

任戈说他现在最爱的一首歌是《孤独的人是可耻的》,韩旸不孤独,所以任戈是可耻的。

《洛丽塔》中说:人有三样东西是无法挽留的,时间,生命和爱,你想挽留却渐行渐远。人有三样东西是不该回忆的,灾难,死亡和爱,你想回忆却苦不堪言。

如果我们早遇到,是不是天可以更蓝,云可以更白,水可以更澄澈;是不是有些事情会改变,有些人不会出现。那样会不会笑得更畅快,过得更简单,幸福得更自然。

至此,任戈删除了韩旸。

坎水流长 一弯流水到江南

眉宇间有黄河奔涌

于人海中找寻来时的路

恍惚中　惊觉有人将世事一炬

只剩三言两语　不成体统

文章的寂寞

乃是游戏人间误入迷途的孤本

或是参破万相回到初生的神迹

都难以释怀

倒淌河

天下河水皆向东，唯有此溪向西流。

相传1300多年前，雅鲁藏布江中游崛起的吐蕃王朝，遣大相禄东赞至长安和亲，李世民封李道宗之女为文成公主，远嫁吐蕃。文成公主在赴西藏途中，到达日月山时，东望长安千里遥，西眺藏江两苍茫，思乡之情使她挥泪西行，泪水汇成了这条倒淌的河；也有说：是小龙女造西海时，从日月山上倒着牵下的最后一条河；还有说：是西海龙王的一条胡须。传说不必考究，它的名字足以让千里之外的我，拎起行囊一睹为快。

一大早，我迫不及待地相约好友整装待发，沿着丝绸之路，迎着太阳，一路向西。伙伴们像打了鸡血一般，尖叫着、欢唱着，那些尘封的心像决堤的海，涌向神秘的青藏高原。大家一会儿看云，一会儿看山，云很近，山很远，恨不得将灵魂抛出窗外，让它与风交谈，与水嬉戏，与天空相伴。进入六盘山时，伙伴们平静了，那些被风雨侵蚀千年后形成的黄土地貌，连绵起伏，整齐有序，一望无垠。车子被缩小了数万倍，游离在间隙，车内的我们瞬间变成了微生物，任凭呐喊、欢呼，都在这亿万年时空变迁后的天公之作里，静得像海底幽幽的石头！我望着窗外一座一座被甩在身后的山和山间的小屋，幻想能把它们画在纸上，为山顶画满白云绿树，为小屋画满窗子，窗户上贴满北方民族的渴望，院子里画满小孩，画一朵无名的小花，悄悄地开放在寂寞的山间……最后在纸角画上自己，让年轻的心不再苍老！

翻越天高云淡的六盘山，进入历史悠久，地域广阔，以丹霞地貌著称的祁连山，它由多条西北—东南走向的平行山脉和宽谷组成。西接阿尔卑斯山，东连六盘山与秦岭。我想起了一部20世纪80年代的电影《祁连山的回声》，仿佛又听到了妇女独立团撤退祁连山的悲壮历史，可歌可泣的英雄女兵在硝烟滚滚的战火里永驻了青春！我不断地给小伙伴们讲解着关于祁连山的故事，大伙搓脸揉眼，整理了一下困乏的身体，认真地投入我的讲解中。

次日到达已有2000多年历史的有着“西域之冲，海藏咽喉”之称的青海省会西宁市，古称青唐城，海拔2200多米。穿过市区一路西行，山脉高耸，地形多样，河流纵横，湖泊棋布，遥望中部昆仑山，南立唐古拉山，北矗祁连山，茫茫草原起伏绵延，柴达木盆地浩瀚无限，这里也是长江、黄河、澜沧江的发源地，又称三江源头，由40多个少数民族组成，并有着“世界屋脊”的美誉。飞驰的车窗外，天是深色的蓝，地是广阔的绿，云是洁白的高，车内响起了那首高亢激昂的《青藏高原》，伙伴们个个灵魂出窍，目光沉思在这青色的海洋里。驶离西宁80多千米后，来到了唐蕃古道的要冲——日月山，远远看见了一尊巨大的雕像，这便是文成公主雕像，当地流传着很多关于文成公主和亲的感人故事。传说她进藏时，在此拿出了日月宝镜，长安亲人尽显镜中，思念之情油然而生，泪流成河，但为坚定和亲圣意，她丢其宝镜于此，继续西行，后人称此地为“日月山”。

伙伴们下车观景，4000多米的海拔，让空气稀薄了不少，强烈的紫外线与清透的空气交融。我独自爬上日月亭，顺着公主的目光遥望长安，除了满眼的山，就是满眼的天，这是历史的鉴证，是王权的霸道，是封建帝国的政治游戏，更是无辜少女无助的心，但这终究归于历史，无法改变。人们纪念文成公主伟大成就，却无人揣摩她身处异地、背井离乡的心灰与意冷。公主为了不让亲人担心，流下的眼泪，也随她西去。“翩翩之燕，远集西羌。高山巍峨，河水泱泱。父兮母兮，道里悠长。呜呼哀哉，忧心恻伤。”

一路追逐到20多千米处，一条由东至西的小河流入青海湖，这里属于察汗草原，一脉清凌凌的水，静静地，悄悄地，温柔地流淌着，蜿蜒40多千米。不见滔滔，不闻哗哗，像雨中的一束彩虹，像夜空中一条流动的星河，晶莹剔透，涓涓绵长，这便是倒淌河，一条带有神话色彩的河，一条满怀思乡之泪的河，一条被世人遗忘的河，宛如月光掠过的缎带，飘落在草原深处。

在靠近它的瞬间，我的心薄得像一张湿透的纸，如果传说是真的，我无法让自己平静，它像一个被遗弃的婴儿，在茫茫草原，神奇地生存下来，苍狼保驾，神雕护航，静得像潘多拉星球飘浮的萤火，千百年来，时隐时现。透明的水，石子清晰可见，仿佛公主善良美丽的微笑，告诉远道而来的亲人，她在这里很好，不怕王权富贵，不管戒律清规，草原为母，小草做伴。在潺潺流淌中，滋润着朴实厚重的民族，没有伤害与纷争，那闪烁的水花是公主温柔纤细的手，一遍一遍抚摸我被尘世物化的心：靠近我，孩子，我愿意为你洗去过往，完美如初；我愿意为你净化心灵，哪怕灰飞烟灭；我愿意为你放逐天际，换你一生平安；我愿意……

我呆呆地站在哪里，不忍离去，却无法靠近，似乎能感觉她的伤痕累累。我蹒跚着离开，没有回头，我知道她的目光追逐着我的背影，我不能回头，怕泪水流进它的身体，使她不安。这空旷的草原，寒风瑟瑟，我愿作一只小羊陪在她身旁，每天她扬起水花轻轻打在我身上。昔年笑语几尘梦，一朝铅华尽销零。愿风华正茂的公主，母仪天下的王后，在历史的长河里久传不衰！

在回归的路上，伙伴们东倒西歪、疲惫劳顿，酣睡中留给草原最美的微笑，带走的是永远被定格的画面，百转千折的思绪将我困扰，头也不回地离开，心却留在了那里，空空的躯壳游离至今。这只是个传说，可让我永远无法释怀，就像离家时母亲站台上期盼归来的送别，更像小孩哀求的眼神，忽闪忽闪的睫毛上挂着的泪珠，完全可以融化我的整个世界！

我慢慢明白，世间有一种思绪无法言语，粗犷而忧伤，藏在青藏高原僻静的地方，那是传说的悲凉。逆风西行的使者，最终成为历史的祭品，生生不息的童话，在漫山遍野的青草间荡漾。那天灵之水的倒淌河，注定成为脍炙人口的传奇丰碑。

荔枝湾

人类的文明总是与水有关。从文化意义上来说，每一个民族的祖先，每一段文明的地点，都是那个被装在竹篮里的婴儿，随着水流被带到未知的世界，流水的轻轻摇摆为婴儿对世界的认知打上最初的底色。

一方水土养一方人，珠江水系孕育滋养的岭南文明与黄河、长江文明有着截然不同的独特风貌。

荔枝湾是广州这个城市文明的脐带，广府文化孕育而生。逢源路走到尽头，荔枝湾“涌”就到了。“涌”，黄河流域的人会把它理解成动词，波涛汹涌。而在珠江流域，它是一个名词，读作“chong”。《现代汉语词典》里，对这个音的注解是：方言，河汊。涌是河流的毛细血管，在广州全市分布着大小数不清的河涌，以荔枝湾最为著名，荔湾区亦由此得名。

与水有关的城，多是妩媚多姿的。比如，秦淮河的桨声灯影、波光潋滟；比如，瘦西湖的二十四桥明月夜，十年一觉扬州梦；比如，欲把山色空蒙雨亦奇的西湖比西子，淡妆浓抹总相宜。

也有刚烈雄奇的，比如，长沙的湘江北去，百舸争流；比如岳阳湖浩浩汤汤，横无际涯，朝晖夕阴，气象万千。

荔枝湾，一个未被诗人吟咏过的小河涌，该怎么形容它呢？

当游船载着客人，在河涌游览，两岸风光也是堪称秀美。与以上的江河所不同，黄河长江、西湖洞庭，承载了太多的家国之思与历史兴衰，而荔枝湾涌运送的不过是小儿女的爱情，与离愁无关，与生活相关，往来的船上，不是迁客骚人，而是商人农夫。

因此，荔枝湾的船，没有心计、没有负担，不从时代更迭的浩渺中来，无须“浔阳江头夜送客”“主人下马客在船”的惆怅，它一千年来运送的只是鱼米和南国成熟的荔枝，是生活本然的衣食无虞的欢乐。

所以，荔枝湾的歌谣这样唱：落雨大，水浸街，阿哥担柴上街卖；阿嫂出街着花鞋，花鞋花袜花腰带。

广州，一个历史上似乎从未被帝王行巡过的地方，一个少有文人墨客停留驻足的地方，广州人对生活自然形成帝王话语系统与文人话语系统外的另一番见解。

所谓，生活不止有眼前的苟且，还有诗和远方。务实的广州人是不看诗和远方的，他们更愿意相信当下，当下的阿哥阿嫂、当下的花鞋花袜，活在每一个与衣食相关的真实细节里，活在荔枝湾里。

白莲花

这样一个宁静的清晨，听一曲意境空远的禅乐，清清浅浅，一弦一韵足以抚慰浮躁的心灵使之归于平静幽然。而我，也总会喜欢这样的自己，安静地端然于岁月的一隅，在清澈且深邃的乐曲中，随时光流转前尘往事，任凭世间风烟弥漫。此刻，许多沉淀的思绪，也被细致地牵引而出。

又是新绿的季节，花开春暖，正酝酿着一种无法言说却已悄然喜于眉梢的温暖和眷念。而就在这记忆中缓缓浮现出的是一段一直珍藏于心的萍水相逢，仿若禅意的开始，身还在烟雾缭绕中，心已是乾坤清朗。

遇见，就是缘分，我深信万物皆有因果。想来，前世一定是有着约定的，才会注定了此生的遇见。每当清韵的梵音萦绕耳边，自是有一种敬仰无比的神秘，像一个谜或者一个梦，在仓促的流年听它唤醒迷惘的路人。也曾无数次地想象，在这样清寂的禅味中，是否也会邂逅佛的深情，哪怕一丝一缕，而如此的心灵依托是否就是一种归宿？所谓的答案，不用追根问底，更无须言语道破，如同这世间的一花一叶、一沙一尘，本就是轮回在宿命与玄机中，只需用生命和灵魂来深刻感触，足够。

我爱上这无尘的禅境，偶尔会在不经意的日子里，去那家无意邂逅的小店。门面古朴洁净，推门而入，竟有清逸之感扑面而来。左边墙壁，湖蓝色的底印，我多么惊喜地看到开满了的净植的白莲花，细细宁神，仿佛羽瓣翠叶间都抒写着美好。

我想，这也该算是平淡岁月里的一段机缘吧，无关他人，却也心存感激。内间，桌椅、纱幔，紫色与浅灰的恰到好处，和着潺潺佛曲，是适合安放心事的一处安然之所。

于是，于三三两两的背影下，我静静安坐，且与白莲花，会心一笑。那个瞬间，我想象着途经的每一座庙宇，那里，是永恒的孤寂，却释放着最自由的灵魂。而每一次的虔诚跪拜，眼神一定清澈无尘且带着不可动摇的坚定。在这无穷的力量面前，万物众生仅仅是一粒微尘，微不足道且缥缈若无，但能得此眷顾，流水余生，还要奢望些什么？随遇而安，想必是给光阴最好的回馈。

日子安宁，回望来时路，也好像越走越安静，如这时光一一地沉淀，仿佛只为寻找一个柔软的角落，安放一瓣落花的忧伤。红尘路远，走过了一程又一程的山水，多么想看清前方的坎坷与曲折，却终究不知怎样才不会迷失了归途和本真。是否只为看尽人间风景才会寻到更好的停驻，又是否亦如他人所说，只有穿越过一个又一个城市，仰望过一片又一片天空，见证过一场又一场离别，才终于坦然而不再执着。如果已没有什么是不敢面对的，那就遵从心灵的选择，哪怕用尽毕生，亦是无悔无愧，若等到有一天可以了无遗憾地追忆，那些所经的万水千山也不过是人生泼墨挥洒的一笔，如此想来，便是白莲花彼岸。

梦衣裳

2012 年第一天，杭州东高铁，不到半小时，到达湖州站。

“西塞山前白鹭飞，桃花流水鳜鱼肥。青箬笠，绿蓑衣。斜风细雨不须归。”据说，张志和《渔父》词中的西塞山就在湖州高铁站不远处。

湖州，这座曾经让唐代诗人杜牧宁愿放弃京官不做、三次上书恳请外放为湖州刺史的名城，到底是什么样的？随着公交车向市区前进，我心中的渴望越来越强烈，急于把自己放在这座面对着地图向往了很久的城市。

看到车窗外已经是街市繁华、人流如潮，我果断地在停站时下车，随着人群走进一条街道，恰巧就是衣裳街了。街口就是湖州大名鼎鼎的老字号——周生记、丁莲芳和朱老大，再往里走又看到了震远同。想想这些此前已经在网上了解过的美食名店，真有些流口水呢。

走进去再左转，沿河而行，便来到了梁苕桥，桥上的文字说明，这座桥诞生于 1946 年。河两边白墙黑瓦的建筑，映在水中显得风姿无限，其中有沈家本（清末法学宗师）纪念馆，门前水中停放着几艘小小的帆船，看样子已经只是作为河景的点缀了。

虽然历史早已散作千年云烟，但是记载告诉我们，如今的衣裳街历史文化街区，昔日的馆驿河头曾经繁华、风雅：东晋时吴兴太守谢安曾在这里居住，唐代湖州刺史颜真卿在此建造了霅溪馆，杜牧就任湖州刺史后将此馆改名为碧澜堂。

到了宋朝，大文学家苏东坡也与馆驿河头有过短暂的缘分，但是不同于前人杜牧在这里的闲适生活，苏东坡在担任湖州知州仅三个月后，就因“乌台诗案”而被押解京师，就是在这里登上了囚船，而那一刻也成为他走向人生低谷的转折点。

时光流逝，世事变迁，只有流水依然。道路在古老建筑和水边垂柳之间蜿蜒向前，我一路走来，想得更多的还是杜牧。这位三度上书求任湖州的大诗人，最终得偿所愿，而他在湖州任上过的生活，正是现代人也为之向往的休闲生活。甚至当他后来升官回京时，还依依难舍，留在湖州迟迟不愿动身。

其实，我还是喜欢湖州的古称——吴兴，当然这个名字现在还存在，只是作为湖州的一个区而已。吴兴之名出于三国时代的东吴政权，意为吴国兴盛，隋朝始名为湖州。

宋代林希作有《吴兴》诗：“绕郭芙蕖拍岸平，花深荡桨不闻声。万家笑语荷花里，知是人间极乐城。”元朝戴元表则有《湖州》诗：“山从天目成群出，水傍太湖分港流。行遍江南清丽地，人生只合住湖州。”

唉，多少夜梦留湖州啊，那个人，那些日子，衣裳街、梁苕桥，还有不敢触摸的仁皇山……

断桥缘

上有天堂,下有苏杭,一直想亲眼见识一下这人间天堂究竟何其曼妙,会令众人流连心怡,这次终有机会于初冬时节下江南置身余杭,从好生期待的举首戴目到最后的尽兴而归,心满意足。

我住在了杭州北里湖和外西湖分水点上的断桥附近,当天晚上徒步千米路过了稍显热闹的夜市与几条街,随后穿行了北山路后,宽阔恬静的西湖突现眼前！柳枝直垂于岸边,远处两侧有亭楼灯光温婉,中间大片的平静水面缓缓地伸展怀抱迎接着我一般。内心暗自惊叹又欣喜如此快地便得以一见祖国这唯一的湖泊类文化遗产。

气候太温润舒适,湖边散步的人不少,纵然已是深夜,但仍不舍返回酒店。顺着湖边前行了一段,更大的惊喜来临——断桥。断桥残雪景观内涵说法不一,一般指冬日雪后桥的阳面冰雪消融但阴面仍有残雪似银,从高处眺望,桥似断非断。伫立桥头放眼四望,远山近水尽收眼底,是欣赏西湖雪景之佳地。桥不长,逐个间隔的栏杆石柱都似有诗意,桥上情侣对对携手漫步,路灯点点映照水中,好一抹迷人夜景。

第二天的清晨实在按捺不住,遂再次来到断桥,桥头处看断桥连着白堤渐渐消失在迷雾中,梦幻得无法形容。接着走便遇到骑行的晨练的放风筝的人。风筝各式各样,最有特色的当属老鹰风筝,无声息又充满锐气地滑行于湖面,竟让我几乎以为是真的鹰。尽管并未降雪,可远望地上保护着草地植被的塑料覆盖物，令人恍惚，觉得真像是白雪一般。

闲作步上断桥头，到眼无穷胜景收。遗憾着虽未见到实属难遇的残雪景致，但别样的轮廓在轻雾中若隐若现却给了我另一种惊喜。手摇的游船缓慢淡入又淡出视线，白堤宽阔敞亮，靠湖边密植垂柳，回望保俶塔在群山中伫立含翠，湖水涂碧有如在画中游。这实在是豪爽的北方城市难以媲美的柔美仙静，随手一拍尽是完美剪影。

沿白堤一直走可到达平湖秋月，游人如织，这时已见艳阳，波光泛在湖面，就连古朴雅致的书画院都似乎灵动起来。手摇船靠岸，游客走后那船夫也不急着摇走，只懒洋洋地躺坐，旁边石阶上是一只绿黑相间的蝴蝶。

沿苏堤行进，湖山胜景如画图般展开，多方神采令游人流连。后来的电瓶车上，司机的风趣解说伴随我们将半个西湖的一路美景尽收眼底。

下午坐游船慢行于西湖之上，任清风拂面，思绪徜徉，想象着自己如古人置身良辰美景吟诗作画，或只是闭着眼睛享受其中，优哉乐哉。到达湖心岛后天空竟然下起了小雨，撑一把伞独步石板路，走走停停于各色亭子间，我已然陶醉得只有抿嘴的笑意了。

景致似乎总是骤然进入视线，三潭印月三座瓶形小石塔在雨中的别样画面被深深记在脑海。两只水鸟分别居踞两个石塔之上，傲然英姿挺立。一艘手摇船经过石塔，船夫把橹擎伞似蓑笠翁，背景是远处的雷峰塔，世上还有何情景能比这更具诗意。

游客一拨接一拨地在导游的带领下群体移动着，自然感受不到独辟蹊径的乐趣，走在杨柳岸，雨滴在湖面微波涟漪，半数枯萎的荷叶旁那小巧可爱的野鸭成对游动，在被雨水洗刷的清静茂盛的竹林丛中意外发现一个幽然院落，隐于错落墨绿中，雅致得恍若世外仙境。我是真的不愿离开了，情愿自己也能生活在这样的写意中。

行经杨公堤遍览无数桥拱，流水落叶。处处是景，连构图都不需要，各种完美的角度尽入眼中。就连小角落都充满独特而富有层次的色彩感。

记得初见西湖处的道路斜对面有一个较大的古色古香的茶楼（望湖楼），喝早茶和日间闲聊憩坐的场景融入当地人的生活，令我羡慕，可惜没能亲去尝试。早间卖好吃的小笼包的小吃摊老板友好温暖的笑容，还有以鸡肝面闻名的忠儿面馆里服务员大妈的大嗓门，都鲜活地留在记忆里。

回想杭州之行，难忘和爱人深夜漫步断桥，其实桥未断，心相连。我想这一切一切的美真的只有身在江南才感受得到，不张扬的源远流长的细腻填充。这个宜居的天堂，是所有人的梦吧。

伤离别

虽已是10年匆匆，南京却总是心里那个不能被忘却的地方。是4年的书声琅琅，也是4年的脚步踏寻，南京终于从电视里那个风雪交加的民国印象，变成了记忆中一个闪亮的存在。

曾爬上紫金山的最高峰，俯瞰全城；曾虔诚地拜谒中山陵，追忆民国忧思；曾探索朱元璋林木繁茂的墓冢，感慨王朝变迁；也曾静坐于总统府一隅，痛心共和理想的凋零。南京是一个沉重的存在，身披辉煌，也历尽苦难。即便是香艳的秦淮八艳，也逃不过这座城市的悲怆。

南京身处江南却带有北方的硬朗。南京话中没有吴侬软语的腼腆，饭菜也是分量十足，就连上公交车时，年轻力壮的我也时常被老奶奶们挤得站立不稳。江南的城市大都依水而生，有着似水般的柔情性格，而南京却似是个异类，始终与水貌合神离。浩浩长江雄壮开阔，玄武湖随朝代更迭历尽沉浮，秦淮河的一身妩媚里也暗藏铿锵玫瑰。南京就像是江南水乡里的一块兀石，让习惯于往低处流的河流湖泊难以望其项背。

国府时期的“首都计划”虽没能真正实施，却把民国的记忆深深地印在了南京城的大街小巷里，就像满城的梧桐飞絮，挥之不去。在秦淮河的波光里，在总统府的石墙上，南京的倒影依然余韵悠长。走过使馆区，悬铃木落满一地，多利克柱式华丽庄严，大理石砖墙历久弥坚，高耸的拱门撑起流檐飞瓦，中式园林里散布着西洋建筑，是东方的睿智与博大。

南京一年只有两季，冬天和夏天，没有四季的轮回渐变，只有冬夏的倏忽切换。永远是脱下棉袄换 T 恤，印象中只有在花开叶落后才知道春秋已来过。南京号称“四大火炉”之一，但热绝不是南京气候最主要的特点，雨才是。夏日里时常是疾风骤雨，划船看海，冬日里也不乏绵绵细雨，整月不见暖阳，无论冬夏都可以逼得人没有衣服穿。

问过很多人，他们都说很喜欢在南京生活和工作，说在南京可以找到一种快慢变奏中的安逸，让人发现真正的生活。不似北京“您来您去”的假客气，也不似杭州传说胜过历史的不真实。南京直率的性格，总是带给人扑面而来的真诚。跑过的风景总不似驻足欣赏美丽，再宏大的历史和城市，在普通人的生活中最终也都会被解构成吃饭工作的琐碎。或许是历尽浮华后的平和，或许是与生俱来的包容，新的旧的，快的慢的，都统统消解在这座城市看似不变却又匆匆巨变之中，让身在其中的人虽驻足观望，却也是日行八百。

记得初到南京时，对它还是满腹抱怨，而当离别时竟已是满心留恋。我们雕刻时光，时光雕刻记忆。打磨瑕疵，修平棱角，最后留下的是一份深埋的感动。捡一片梧桐叶夹在书里，装几粒雨花石在箱底，南京最终会变成一个剪影，被收藏在记忆的深处。

离火惺忪　等南风来

油灯长亮

火惺忪

人生如戏

曲终人散听得神仙嘲笑

拈花微笑收下布衣逍遥

塞外黄沙转眼江南烟雨

市井风光一念天地玄黄

悲喜交集　竟是春去秋来的笑柄

荒唐不朽　方算九死一生的传奇

那碗心底深处的温润汤团

提到宁波，很多人都会想到汤团，在我的记忆里却是香喷喷的糯米饭和热腾腾的豆浆。那是儿时从老家举家搬迁到南京，20 世纪 70 年代没有动车，只能靠汽车轮船，寒冷的 2 月清晨，老妈带着我去北仑港赶船，又冷又饿，老妈心疼至极，在路边买了一大碗刚蒸熟的白糯米饭，撒上一层晶莹白砂糖，倒入现磨的豆浆，没过糯米，用汤勺压压，三口并两口就被我吃了个精光。从此以后霜糖糯米饭成了一道美味的早餐，百吃不厌。

再次探访宁波是我决定告别过去开始新生活的新年第一天，独自坐着高铁南下，傍晚时分的天空有些阴沉，下了火车竟然飘起了雪花。南方的人很少看到过白雪飘飘的美景，路人驻足停望，完全忽略了我这个外地人。我独自走在陌生城市的街头，有些失落，有些好奇，说走就走的旅行究竟会是什么样的呢？

随意来到市中心的繁华地带，那里有个城隍庙步行街。宁波的城隍庙规模不小，这个建于明代的古建筑，建成后屡遭火灾，在清代修复成现在的样子，郡庙有照壁、头门、二门、戏台、大殿、后殿，建筑完整，气势宏伟。戏台建得尤其精美，是单檐歇山顶，藻井呈鸡笼形，雕龙画凤，朱金装饰，远远看去，熠熠生辉，仿佛依稀还能听到咿咿呀呀的戏歌。郡庙内还保存着 30 余块碑刻及宋井等古迹。现如今，城隍庙已经成为宁波最大的购物中心，商业气息浓重。华灯初上，各式小吃的吆喝声此起彼伏，除了全国各地美食街都能看到的小食外，海鲜自然成了我的首选，挑了些心仪已久的鲜货赶回酒店，第一次独自品尝了啤酒配婆婆虾的美味，微醉睡去。

新年第二天依旧阴冷，但因为是新年，街上的人挺多，我不是一个喜欢凑热闹的人，所以选择去天一阁走走。天一阁是中国现存最早的私家藏书楼，也是亚洲现有最古老的图书馆和世界最早的三大家族图书馆之一，建于明朝中期，由当时退隐的兵部右侍郎范钦主持建造。走进大门，首先映入眼帘的是此间主人的铜像，在这个小小的腹院里面别有洞天，许多展厅都陈列着范家走遍五湖四海收集的书籍。最值得一提的是院子正中的戏台，里面是鸡笼顶，全部都是鎏金的，极有气派。它融合了木雕、砖雕、石雕、贴金等多种传统民间工艺，并且题材丰富、造型优美，是宁波民居建筑的集大成之作，和城隍庙里的古戏台有异曲同工之妙。天一阁里还有一个有意思的麻将博物馆，成为众多人拍照留念的热门之选。我对麻将有种难以言状的情绪，敬而远之。

附近的天一广场是宁波新的现代化商业中心，由各种风格迥异的高低建筑组成，有哥特式教堂‘亚洲最大的音乐喷泉和超大水幕电影。夜幕降临时喷泉在激光和音乐的配合下，喷出一个个晶莹透亮的水柱、水花，组合出令人眼花缭乱的“高岗花式”“华尔兹花式”“蝴蝶展翅式”等几百种喷泉花式，像一个美不胜收的“水世界”；与喷泉交相辉映的水灯也大放异彩，随着音乐的变化，一个赤橙黄绿青蓝紫的“水光舞台”，通透明亮，宛如仙境。虽然冬天的广场有些寒冷，但因为是假日，所以还是吸引了不少像我这样的游客驻足欣赏，赞叹不已。

宁波有个老外滩颇有名气，沿着外滩大桥散步过江就来到了甬江、奉化江和余姚江的三江汇流之地——老外滩。这里曾是“五口通商”中最早的对外开埠区，是进入宁波古城的门户，比上海外滩还早20年。经过重建的老外滩基本保持了当初十里洋场的风貌，欧陆风格的建筑随处可见，厚重的木门在推开的时候仍然会吱呀作响，泛着锈迹的铁栅栏在时间的过往中静默安然，精美雕花的石头向每一个路过的人讲述着它见证过的老故事。老外滩的独特之处还在于它不是封闭的，任何市民都可以在老外滩这个三江口岸感受自己的生活，是目前国内仅存的几个具有百年历史的外滩之一。白天的老外滩看的是建筑，晚上的老外滩品的是风情，各种酒吧西餐厅林立，吸引着各式各样的“歪果仁”和追求异国风情的时尚小资们。或许我是个保守的人，一直没有勇气独自去酒吧，每次路过南京1912的时候只是看看，独自在外地也一样。

一个人旅行也是一场修行。他肯定也愿意有些同伴，一直在等那个同行的人。在等待的过程中，她开始会难过，会哭泣，慢慢地，眼泪流光了，她已经变得不会哭了。但在宁波之行中，我选择了彻底放下。因为过去永远只存在于过去，走过这座桥就是另一个世界了。

天下美味藏小城

离开扬州，一路东行二三十千米，就是著名的三泰之乡——泰州了。对于泰州，外省的朋友也许不很熟悉，那也难怪，打开江苏地图，闻名天下的地方实在太多。而泰州在我印象中出名的只有两个内容：一是人——京剧大师梅兰芳先生和胡锦涛总书记，二人都是泰州杰出的代表；二是当地特产——长江三鲜和泰兴白果都是我钟爱的天下美味，来龙去脉我都能说得清楚。相比之下，要问梅先生曾经家住何处，总书记曾经在哪里就读，却不免要做抓耳挠腮状了。

我喜欢游历，但天性爱静，不喜欢到人潮汹涌的地方去凑热闹，所以真正的泰州城里倒没有去过几次，更多的是在高港区。那里濒临长江，距泰州、泰兴、扬中都不远，居民安静祥和，充满了人间烟火的气息。而且，我始终觉得最原生的居民状态才能代表一个城市真实的面目。就像到了上海，只在外滩、南京路而不去尚贤坊、顺昌路的老弄堂，到了北京，只在故宫、天安门而不去东四胡同、香饵胡同的四合院，都只能说是随波逐流而且肤浅的。听听街市上熟悉的市民声，甚至看看生煤炉时的袅袅晨烟，都会觉得自己的生活是那么的真实。

真实的生活当然是不会在高档宾馆或豪华酒楼里品尝得到的。江边的小酒馆、鱼肆才是最好的去处。在高港、口岸都有许多这样的地方，江鲜无疑是最好的招牌。我曾经在很多不同的地方吃过很多不同的江鲜，那种鲜、滑、爽、嫩简直无与伦比，以至于我后来都很少吃内河里的鱼，因为两者相比，简直有天壤之别。

印象最深的是每年清明，前有刀鱼，后有河豚，四方食客蜂拥而至。刀鱼倒也罢了，吃河豚却不免有些胆战心惊的。刚刚开始的时候，总是要等其他人吃了以后才敢动筷，且总有些惴惴不安的感觉，因此河豚的美味未免被冲淡许多，所以就有猪八戒吃人参果的样子，吃不出个所以然来。不过我最喜欢的是鮰鱼和江鲢这两种普通的鱼，白汤、红烧皆令人难以忘怀，也是一样的鲜美。我私下觉得，这才是天下的美味。

美味的还有这个时节最多的银杏。我那时学会了一种新的吃法：新鲜的银杏洗干净了，裹上一层椒盐，放到微波炉里，高火六七分钟即可。揭开盖子，开裂的银杏软糯香甜，原来银杏中间的苦芯也渗透到了果肉中间，没有一丝苦味，让人胃口大开。可朋友告诉我，这样的东西是不宜多吃的，吃多了反而对身体有害而无益，五六个即可。

是啊，世上很多事从来都是浅尝辄止的，陷得深了，可能也是没有益处的。却不是时时刻刻都会有人提醒的，即便有人提醒，又有多少人能分得清是非厉害呢？即便分得清，又有多少人把握得住自己呢？

天域世界的安好

很久了,每当我磕磕绊绊沿着自己的人生轨迹摸索前行时,每当我越过华丽的表象认清现实的谎言和冷漠时,每当我恍恍惚惚在自己的世界里越陷越深时,只要闭上眼,浮现的永远是藏区那片深邃漆黑的天空,清晰如同豆粒状的繁星密布点缀,四周静谧得没有一丝声响,万物沉睡,万物皆醒。耳边逐渐回响起清晰低沉的男声:"每当我找不到存在的意义,每当我迷失在黑夜里,哦,夜空中最亮的星,请指引我靠近你……"睁开眼,一世清明。

和西藏的相遇,9月底的季节,正是藏区色彩最为绚烂的季节,阳光和煦,温暖静好。没有夏天的灼热,没有冬季的萧瑟,这是一年中最明媚最多彩的时节。可以说,我有些无法形容踏上这片土地时的感觉,确然是有几分似曾相识的熟悉,然而一切对我这样一个外人来说却又如此陌生。

凌晨4点,为了能够拍到第一抹阳光照在布达拉宫上的照片,我们特地起了个大早。穿过客栈的弄堂,漆黑的天色是化不开的浓重,这是黎明前特有的,四周沉寂的静。远远地,就能看见布达拉宫的轮廓影影绰绰笼在这片深色下,显得格外神秘庄严。走近了,我惊讶地发现,在这个时间,已经有三三两两的藏民绕着布达拉宫开始绕拜,他们或手中攒动着念珠,或摇动着转经轮,或虔诚地念诵着经文,或只是低头默默前行,一步一步,沉稳而坚定,每个人的表情和神色几乎是一样的安宁和祥和,眼神里没有世间的纷嚣,没有过多的牵绊,也许在他们心里,内心深处的一方净土才是生命中最重要的存在和价值。是什么样的力量能够指引他们拥有这份宁静呢?这样思考着,不知不觉我们也加入了绕拜的队伍中。

沿着布达拉宫绕拜一圈并不需要太多时间,不断有人陆陆续续加入我们的行列,他们其中有布满皱纹、脚步略显蹒跚的老人,有沉默安静的中年人,还有不少年轻人的身影,甚至有许多孩子。孩子们耐不住安静的气氛,往往说笑着闹着想要往人多的地方挤,身旁的大人则会低声喝止。目光落在不远处的一个小男孩身上,年纪不过四五岁的模样,瞪着大大的眼睛,可怜兮兮地看着正在对他说教的母亲,小手不停地抓着母亲的衣襟,似乎想要向母亲讨要点什么,可爱的模样让人忍俊不禁。似乎注意到了我的目光,他转头看向我们,乌黑的大眼睛清澈透亮,毫不怕生地朝我们露出灿烂的笑容,轻声叫了一句"阿佳"。这是我所懂的极少数藏语里的一句,"阿佳"在藏语里就是姐姐的意思。周围的人都轻声笑起来,于是接下来的绕拜之路有了这个小活宝的陪伴,一路上显得有趣得多。当绚烂的朝霞染红了半边天,初升的太阳在几经徘徊后终是静静地与布达拉宫相遇了,洒上一圈圈淡淡的金色光晕,渐渐向四周散开,晨曦的安宁和特有的祥和笼上每个人的脸,相机里留下的不是最初设想的那些照片,而是许多意外惊喜。

如果说拉萨是整个藏区的中心,那么大昭寺就是拉萨的中心。在藏地,曾有"先有大昭,后有拉萨"的说法,而大昭寺之所以有如此赫赫的地位,是因为供奉了随文成公主到藏地的释迦牟尼十二岁等身佛像。我们一路向西的路上,曾到过青海省湟源县西部的日月山,相传这里是当年文成公主远嫁西藏时最后经过的汉土,在古时的唐蕃交界之地,公主曾经站在这片山头。往东回望,只见长安遥不可及;往西,则是在漫漫烟尘中笼罩着的藏地,一切未知。公主取出临走时父母相送的日月宝镜,只见镜子中浮现出长安的繁盛之景,思乡之情愈加深重,忽而又想起入藏之使命,于是狠心将宝镜扔下山崖,以示入藏之决心。传说这两面宝镜被文成公主扔下后,便化成了如今的日月山和日月亭,在此常年守望。而文成公主当年流下的滴滴眼泪则成了山脚下的倒淌河，天下河水皆自西向东流，唯有此河由东向西流，奇异的景象深情表达了公主思念家乡、难忘故土的情怀。

这个故事如此之凄美，让人闻之唏嘘不已。那日站在日月山上，时值秋末，西宁已渐渐显露出深秋转冬的萧瑟，看向四周皆是茫茫一片，望不尽的连绵山脉，看不透的烟火人间。想到文成公主当年站在此处，可否有过一瞬的悔意和酸楚，可否有背井离乡远离父母亲人的痛苦、远嫁异族前途未卜的恐慌，而她身上也背负了太多的东西，两个民族对于和平的希望、藏地对于汉地繁荣的向往、入藏后的使命等，丝丝绕绕，渐渐让她自己都淡忘了，自己也只不过是一个弱女子罢了，也许更多的是需要呵护和陪伴。然而，在她踏上西藏这片土地的那一刻起，她便不再是曾经汉唐深宫里父母膝下承欢的天真少女，也不再是单纯为了和亲而出嫁的汉家女儿，她清楚自己的使命并为之努力奔波。相传当年松赞干布选拉萨作为藏区政治文化经济中心之时，文成公主曾仔细研究了拉萨的地形，勘探并且进行了三日三夜的卜算，看出拉萨之地为卧魔女之地，要镇住魔女，必须在魔女的腿和手上建立寺庙，因而才有了现今的大昭小昭寺。小昭寺则是因文成公主而建，寺庙面向东方而建，便成了文成公主唯一可以为曾经的故土留下念想的方式。而在藏地，处处都可看到人们纪念这位汉家女儿，人们深情地怀念她曾经为藏地带来的繁荣盛世。

告别拉萨，我们继续向西前行，一路沿着 318 国道，经过羊湖、卡若拉冰川、日喀则、定日、那拉根，翻越过无数座山峰，在海拔 5126 米的聂拉木通拉山口，因缘使然，有福在这里高高悬挂起五彩经幡，为亲人和朋友祈福祝佑。

这一路走来，所历之事让我深深铭记，沿途美丽的风景不断充斥着眼球，的确让人流连忘返，然而有那么些人，却已深深镌刻进内心深处，无论是凌晨就开始一天绕拜修行的人们，还是深夜仍在大昭寺前磕长头的藏民，或者是高速公路边沿着几乎不能行走的路，一步一磕的修行者，都让我无比震撼。感动于在扎什伦布寺听十一世班禅的故事，惊叹于路边的陌生人讲着藏地各种奇异的瑞相，而当我在哲蚌寺亲眼看见五彩祥云遍布整个天空的那一刻，所有的形容语言在这瞬间黯然失色，我已无法描述当时激动的心情，也许只有如此纯洁清净之地才是佛菩萨愿意常驻之地，也许只有这些深信因果，一心向善，修善心，行善行的人们眼里才能读到那份守护心中一片净土的通透的赤子之心。在那一刻，我的心脏紧贴大地，以额触地，放下内心一切，无我亦无他。而也是在这一刻，我心中的答案愈发清晰，呼之欲出，眼前的这条路也愈发清晰。

藏区的最后一个晚上，借宿在一个不知名的小客栈里，外面仍旧是漆黑的夜。偶尔有风，轻轻拍打着木质窗户，院子的角落里是一堆尚未燃尽的篝火，哔哔啪啪的声响回荡在沉寂的夜晚中。这一夜，睡得不怎么安稳，远方，不知在何处，伴着低低的风声，若隐若现的，似乎有人轻轻地吟唱着不知名的曲调。星空若隐若现，这一夜恰是月圆之夜，清亮明润的圆月静静悬挂在天空中，俯视人间种种……

突然想起索达吉堪布的开示：你我虽然相隔千里，今夜一抬头，却可看到同一个月亮。当你瞧见它时，会在上面看见我的祝福。愿你的智慧、慈悲、幸福、安乐，如上弦月般日渐增上，终似今晚的月亮一样圆满。

吴侬软语有钟声

苏州在琵琶古筝的声音里，在吴侬软语的曼影里。虽然我每一次都能感受到她的变化，可是在我的记忆深处，她还是那个小桥流水般的江南女子。原来记忆是最根深蒂固的东西，即便现实一次次冲击我的眼睛，也无法更改。

当我和朋友一起坐在凤凰街的一家酒楼里小酌的时候，就着三两样精致得让人不忍心动筷的小菜，看远处霓虹闪烁，车水马龙，食客们也是文静，断没有吆三喝四的喧哗和吵闹。一杯清茶，几杯淡酒，心情也似乎变得精致起来。酒是不需劝的，浅斟慢饮即可，就着一些过去或将来的话题，时光便有些迷迷糊糊地无法分辨，不知今夕何夕。

人还是那些人，景还是那些景，拙政园的风景已老，沧浪亭的足迹纷乱，朋友经常见面之后，话反而少了，就像这个多少人梦寐以求的城市，一旦真正置身其中，都或多或少地会有些失望。大家都在不知不觉中改变，如同日新月异的变化中的城市，什么东西我们失去了？什么东西我们得到了？现在的追求和目标与年少的轻狂和浮躁相比，什么是我们期望的？什么又让我们怅然若失？

忽然耳边传来寥寥的钟声，朋友说那是寒山寺的钟声。钟声穿越城市的繁华，还是那么低沉……

周庄的足迹

这是我第三次来周庄了，这个精巧淡雅的小镇似我初恋的爱人，总是有一种莫名的情结纠缠在心底，虽然从此过着各自的生活，却总是想着过一段时间就要来看她一眼，不为别的，只是想知道现在的她过得好不好，生活得快乐不快乐。

然而生活的改变一次次拉大了记忆与现实的距离。且不说门票已经涨到一百块了，单单是摩肩接踵的游人便让人寸步难行，想要留个影也必须见缝插针，也没有人规规矩矩地排队等候。只是双桥、沈厅等景点修葺得越发新了，沈万三的塑像和他面前金光闪闪的聚宝盆倒是引发了游人的顶礼膜拜，对金钱的渴望和追逐已经渐渐成了生活的主旋律，也许时代也赋予了这个曾经淡雅素净的江南女子新的角色和使命了。

还能说些什么呢？只能怀念初初见面的时候，是在4月的雨中，柳色新绿，菜花鹅黄，那时候是不收门票的，我们可以随意走遍周庄的每一个角落，甚至可以在淳朴的老奶奶家喝上一碗生姜茶。那时候游人也少，多是像我们这般来写生的学子，当我们寻着陈逸飞的《故乡的回忆》来到双桥面前时，只有水乡潮湿的气息扑面而来，站在桥上远望小镇，只觉得婉约别致的女子恍若眼前。梅子熟时，佳人倚门回首……

小茶馆也变得堂皇了，直让人觉得走错了地方。一袭新衣的评弹女子代替了原先的土著艺人，座中多是游人，不见了早先四乡八野那些划着船卖完菜一碗黄酒一碟小菜而自娱其乐的乡民。门前偶然路过的老人扎着青花头巾，系着青花围裙，这才让我们感慨那些真实而纯净的色彩已渐行渐远。

可是会有谁在乎这些呢？更多的人只为了拍几张照片，买几样所谓的土特产或是纪念品罢了。过程已经不是很重要的了，我们都已经习惯了只要结果。人生也是如此吧，我们还能到哪里找寻那曾经让我们心动不已的身影呢？连周庄也已经不可脱俗地变了。夜晚离开，但见满街沿河的大红灯笼高高挂着，已是花街柳巷的模样了，当年的足迹早已经被一层层地湮没，再也无处寻踪了。

瓜洲拾遗

想想自己曾经去过的地方，都能摆出俨然一副文人骚客的模样，有时还能发点感慨，舞文弄墨写点文字模样的东西，却独独对于扬州这个地方，一直无法言表。二十四桥明月夜，玉人吹箫，总似一幅千古名作，让后来的人不敢妄自评论。因为在这个小小的精致的城市里，随便走进一条小巷，随便推开一扇门，说不定都有沉淀了千年的故事和神奇。

我前前后后去过扬州很多次，常去的地方是六圩那边的码头，混浊的长江蜿蜒而来，上游几百米就是瓜洲。我曾经去看过一次，却无处找寻三两星火的古诗意境，一打听才知道古瓜洲早已经沉到长江的江底去了，那么诗意的一个地方已经成了一种永久的回忆。

当然在扬州能让人回忆的地方是不胜枚举的，单单一条古运河就承载了数不尽的历史。可朋友告诉我，隋炀帝的运河其实在江都那边，扬州这里的后来让盐商云集、商贾往来穿梭的运河造早已经改道了的运河。原来一个朝代的痕迹就像一本书，翻过去也就翻过去了，留下这条大运河又成了新的景点。

扬州可游玩的地方很多，我都很少去过。因为我一直觉得天下的景观皆是大同小异，无非亭台楼阁、花草树木而已，只不过是附着的传说不同罢了。有时候陪朋友一起去逛逛个园、何园以及大明寺，也是一样，全无半副导游的样子，惹得朋友们骂我辜负人间美景。怎奈我天性如此，难得有机会和朋友们一起游山玩水，仔细赏识一下那些美景后的故事，聊聊对它们的感受，这才是人生的乐事。这种快乐哪里是一两张搔首弄姿的留影或是几个假冒伪劣的纪念品能比拟的呢？

早上必须起大早才能在富春茶社订上位子的。来扬州，不品尝一下天下闻名的扬州干丝、富春早点和淮扬佳肴便算枉行。一壶香茗，一缕清香，一丝湖风，绝对是人生的一种享受。坐在窗前，喧而不闹，高朋满座声仿佛百年以前。不远处就是瘦西湖，也去了几次却没什么深的印象，只觉得那里是最适合早晨或傍晚散步的场所所在，如果能向大连一样，将公园都免费向市民开放，那才是物尽其用啊，像这般走马观花，真是暴殄了天物。

扬州的琼花也是天下一绝，但我一直都没有见过开花的样子，甚为遗憾。不过据说琼花开的时候，真的是“三春爱赏时，车马喧如市”的，偏偏我又不喜欢太过喧闹。后来，我离开了那座城市。尽管偶尔也会再去，却总是无缘“淮扬一株花，四华无同类”的琼花花期。时间长了，也就罢了，就像那些我们渴求已久的人生梦想，过上一些时间，也就慢慢地淡去了……

妙高台上冥想

浙江是个好地方,能游玩的地方真是不少,在西子湖畔赏荷,在莫干山里观泉,在千岛湖里泛舟,都是人生的享受,总觉得世间美景已经概莫能外了。只是游人太多,未免多少扰了清兴,但也明白美好的东西都是不能独自占有的。安静的风景,或许在奉化的溪口才能寻觅得到。

历史就是这样一个翻来覆去都很难理解的词语,谁曾料到溪口小镇也会成为今天的一个旅游胜地呢?估计九泉之下的蒋介石也不会想到吧。溪口旅游景区是一片不小的山,名叫雪窦山,属于四明山的一部分,山顶上就是蒋介石的别墅,叫妙高台,又名“妙高峰”,或曰“天柱峰”。

拾级而上,满眼松樟翠竹,虽是夏日炎炎,却清凉逼人。扶栏远望,一面湖水清如蓝缎,真是一处极佳的风水宝地。游人寥寥,日丽风轻,总能让人凭空生出几许感慨来,但那些感慨是无法用语言来描述的。这是个开放包容的时代,我们已经渐渐学会从多个角度去看人、看历史,因为连半山腰的蒋母墓地也成了一处景致了。

一帘溪水依山而下,卷起细细白雪,但最终还是消弭于一池湖水。白云苍狗,世事变幻无常,当年的风云人物早已云消雾散,只留后人凭空感叹。一年又一年花开花谢,感叹的却只是些虚无的东西。因为历史远没有现实对我们的触动更大,我们能关心的只能是我们身边那些琐屑的事情。历史对我们而言，毕竟太沉重也太遥远了。现在有多少人还对历史感兴趣呢？

站在妙高台上，不说历史，仅做一名寻求清静的游客，甚好。

艮山有泪　君在南山南

无名者名垂青史

躲进江湖哭那落魄的红尘

若闲云野鹤　桀骜狂奔

目送清风融进落日

洒落无涯的爱恨

如冬雪之末等待的烟花

何妨刻骨忘却

以求笑傲年华

卖花老人

每天上班的路上，都要经过城市的北关，那里是人间烟火繁盛的居民集中区域，穿行在提篮挑担的乡民和晨练买菜的阿姨大娘之间，总能被一种朴素而真切的生活气息所包围，而我最为关注的是桥下一位卖花的老人。

从什么时候开始的，我已经记不清楚了，大概是有一年的春天吧，我像往常一样急匆匆地赶在上班的路上，忽然一阵甜美的花香击中了我麻木的神经，闻香而来，只见数朵乳白色的小花闪闪躲躲地开在一片茂密的叶子后面，花儿虽小，香味却甚为甘美醇厚，因为我以前好像从来没见过这样的花儿，连忙问卖花人。卖花的老人告诉我，这是白兰花啊。一边说着，一边细心地用喷壶洒下一颗颗晶莹剔透的水珠，浇在那些叶子和花上，眼神里的那种专注和关切吸引了我。我问老人：这花怎么长得这么好啊？老人看了我一眼，然后又去忙他的活计，许久才说：花也有灵性的啊，用心养，花就会开得好啊。

我有时候也喜欢买几盆花回家，装点装点自己的小家，可是都是好景不长，家人说我不是在养花，而是在葬花，我常常反驳。现在才终于明白，那是因为我从未像老人那样用心养过花啊。

从那以后，我便很少买花，只是每次经过那个地方的时候都要看看那个卖花的老人和他的那些枝繁叶茂的花，看他安详地忙碌或者休憩，天长日久竟然成为我眼中的一道风景，虽然一掠而过,却成了一种习惯。

后来,有一天他不在那里了,再也未出现过。但我每走过那里,都会把目光投射过去,好像他仍在,花仍在。

刘先生

刘先生是我在张家港时认识的，那时我常年在那里出差，因为工作和业务上的关系，一来二去，大家便熟识起来。后来有时间大家也一起吃饭，喝酒聊天，加上他和我的三爷是同乡，时间长了，竟也成了朋友。

刘先生家住台北桃园，家境平常，父母开着一家水果店以度时日。大学毕业后入伍海军，正赶上1996年台海危机，成天忐忑不安，父母天天在家烧香磕头。退役后，由亲戚相携，到大陆学做生意，自言收入水平还略高于台湾的一般青年，也就心安理得地在大陆待了下来。逢年过节，也不怎么回去，我认识他的三年多时间里，他好像只有一年的春节回了一次台湾。我有便车送他到虹桥机场，简单的行囊和他人一样单薄。

我和他们打交道的时间久了，慢慢客家话也能听懂几句，加上那时候年轻，倒也能和刘先生说到一起去，因为他本身也是一个谦和的人。喝酒他是喝不过我的，每次酒略高辄止，然后打电话回家。说着说着，有时候也会有些眼角通红，我知道那是他想家的原因。

他喜欢唱歌，却从来不喜欢风花雪月，仅喝点啤酒、唱唱歌而已。刘先生的音色一般，却极其高亢。经常唱一些台湾歌曲，听得多了，像《小雨》《男儿漂泊的心情》，竟也会唱上几句，只是无法像他一样字正腔圆，惹得他热心地一次次纠正，也不嫌麻烦。

几年里没看见和听见他感情方面的事情，有时候好奇问他，他却是红着脸，什么也不说。后来有一次打电话回台湾，被我们听见了，追根挖底，才说是大学同学时的一个女生，很漂亮，很温柔的。还给我们看了钱包里的一张二人的合影，是典型的闽南人长相，戴着眼镜，一副文静的样子，容貌极其一般。但我们看着他陶醉的样子，都没有说出我们的意见。但是后来听说2002年的时候终于分手了。有一次在上海再聚，刘先生告诉我那是迟早的事，话语中还是有些忧伤。不知道怎么劝他，问他现在如何，只是摇头，还是努力工作吧。刘先生还有一妹，在台大医学院读书，学费据说很昂贵的。

很长时间没和他联系了，不知道刘先生现在过得开心与否。他说想找个苏州女孩做朋友，然后在大陆安家，然后等父母老了接到这边来一起生活，他的心愿现在实现了吗?

韩同学

昨日下班，忽接一朋友电话，说到某处集合，有惊喜。追问也不答，只说来了就知道了。心怀疑惑中驱车前去，甫一进门，便见高朋满座，笑语喧哗。彼此寒暄间忽见一人出，紧紧攥住我的双手，让人生疼，且连声大叫：“兄弟，还认得我吗?”闻音细看，胖胖的脸上一双小而精亮的眼睛，一米六多的体型微微发福，只有嘴角的一颗黑痣还是没有变样。原来是异地工作的韩兄来了。

一桌人纷纷落座，觥筹交错，推杯换盏。韩兄而立初过，现已是某市一国企的财务处处长，年轻有为，仕途正好。看模样也是“酒”经沙场，竟是一杯不让。且话语无不是高屋建瓴，颇有风范。我不善饮，只能提醒他，他却不顾，欢声笑语自是不绝于耳。我安静地坐着，也有丝丝缕缕的记忆随烟一起扩散开来。

韩兄与我高中同学三年，离家苦读，家境甚贫，故常来我家打秋风。我父母又不在家，自是无拘无束，天马行空。有时也不回学校，就和我同宿。功课却是极好的，尤其是数理化，常常拔尖，极为老师看好。一度暗恋同班一张姓女孩，张女娇小玲珑，皮肤白皙，家境优越，自然不乏追求者。可叹流水有意，落花无情，一番苦恋竟是独自伤怀。遂发奋而金榜题名，直至今天光景。

不觉间筵席已散，再三邀请去 KTV 唱歌，韩兄是有一副好歌喉的，竟不去，执意要回宾馆休息，只要我和另外两同学送即可，余皆散去。至半路忽而说，去咖啡馆吧，弟兄们好好叙叙旧，刚刚有旁人在场说话不方便，乃去。香浓的咖啡清逸的茗茶伴随着往昔的回忆，感叹年华如水，真情依然一遍遍温暖于心。不知不觉间，时间已指向午夜。

走在初秋凉爽的街头，月色如水，星星如灯，韩兄提议："我们一起唱个歌吧，就唱我们喜欢的那首《真心英雄》，像以前一样。"于是便搂腰搭背，一路咆哮而去。歌还是那首歌，人还是那些人，身后还是那些月光，只是留下了那些挽留不住的时光……

朋友远在阿克苏

说起来,人的一生可能会遇见很多人,可是有多少是萍水相逢,有多少是擦肩而过,又有多少是刻骨铭心?昨天看报纸上有一句话,被报纸评论为“经典”的话,是说现代人的人际关系的:没什么事不要来找我,有事更不要来找我!这样的话竟然叫作经典?我的心轻轻地哆嗦了一下,正在我纳闷之际,忽然收到一个包裹,里面是两袋阿克苏精河出产的枸杞。打开袋子放一颗在嘴里,一丝丝甜意自舌尖绵绵泛起,就像友谊的滋味。于是关于那个经典,便成为笑话一样地看了。

朋友远在阿克苏。那是多么遥远的一个地方,我曾经在心底默默念叨了千万次的地方。当我站在浦江边遥望,竟好像是两个世界,可是千山万水从来没有阻隔我们的联系。那时的音容笑貌总是仿佛还在眼前,好像流逝的光阴从来没有留下一丝痕迹,它如一阵风吹动那些青春的书页,沙沙作响的只是我们的回忆和牵挂。

朋友高中毕业就去了阿克苏,他的父亲在兵团二师,好像当时在建设兵团好安排工作。我老是惦记他瘦小的个头会不会被新疆的狂风吹跑。不久后来信,阿克苏原来也是很温暖的,照片上的人好像还白了一些,我便问他是不是闪光灯的原因。此后,偶有书信,却不再寄照片了。有时寄些香梨或者当地特产的香米,有一次甚至寄了一件很大的羊毛大衣,细细的羔羊皮手感极好,却一直没有能穿出去,倒是家里人看了可惜,在我不知道的时候改做了几个沙发垫和一件背心。还多了一些，也不知道放到哪去了。

从此每到冬天，我有时候会穿上那件背心，确实暖和。便再一次会想到我的朋友，想到新疆的冬天冰天雪地，便会打个电话告诉他羊皮大衣的结局。总是听见他呵呵的笑声，竟是那么快乐。朋友和我一样，是个不善于言谈的人，也许那个天高云淡、地旷人稀的地方最是适合他了。他会吹很好听的口琴，还教会了我，最拿手的是《北国之春》，他会不会还是吹这首歌呢？

阿克苏北靠腾格里峰，东望塔里木河，西界中吉边境天山山地，南邻塔里木盆地。阿克苏河主流从市区南部流过。“阿克苏”，维吾尔语意为“白水”。汉代，这里为姑墨国地。唐为姑墨州，隶属安西都护府。城市北端是著名的“柯克亚工程”——三北防护林带，绵延伸展数十千米，蔚为奇观，朋友就生活在那里，他种下的那些胡杨、白榆，兴许已经很高很高了。

有脚印的文字

“世界是一本大书,那些从来没有旅行过的人,仅仅读了这本书的第一页。”奥古斯丁的这句话和中国文化中“看万卷书、行万里路”,其内涵是一致的。每个人都渴望自由,期待远行,看不一样的风土民情。环球旅行,是闪烁在每一个热爱行走人们前面的光环,只有很少的人可以摘到。

远行看世界,现实的障碍真实存在,那首歌不是这么唱着——“我想去桂林,我想去桂林,可惜有时间的时候我却没有钱;我想去桂林,我想去桂林,可惜有钱的时候我却没时间。”北岛的诗歌中说:“那时我们有梦,关于文学,关于爱情,关于穿越世界的旅行,如今,我们深夜饮酒,杯子碰到一切,都是梦破碎的声音。”一般人如你我,总会有许多叫梦想的东西,但是谁敢脱离现实生活的轨迹去追梦呢?我们一般会说:“等我孩子长大了,等我退休不用上班了,等我财务自由了,我就——”我们活着,就好似我们永远不会死,等啊等啊,等到某一天我们再也没有实现梦想的时间和机会了。

一个叫刘以林的人,用五年的时间周游了世界。他以行动高举远行的旗帜,激荡你的心灵。他说:“周游世界只要一个词——决心。”2013年,为此写了一本书叫《远行之美》。这本书,如余秋雨所说,是“有脚印的文字”,而更独特的是,这有脚印的文字描述的不仅是一次世界自然景观之旅,更是一次文化之旅。他说:“实际上,世界是立体的,你只有到了阿拉伯世界,才能看见伊斯兰文明对这个世界的巨大平衡力量;你只有到了以色列，才能看见一个几百万人的‘小超级大国’在20多个国家的围打中朝气蓬勃实现着自己的价值观；而只有到了摩纳哥、列支敦士登这样的袖珍小国，你才能感到人类在一切价值之外还有价值——”在他笔下，世界如此大，如此美，如此丰富。

《远行之美》选取了刘以林环游世界的重要部分。他到欧洲，读到“世界性的旅行语言”：巴黎是大云下的肥鸟，德国制造了“世界是物质的奇缘”之说，奥地利伟人众多，瑞士是全世界风光最优美的国度，希腊是世界上少数几个非去不可的地方，瑞典凉丝丝的北欧风情让人怦然心动。他来到大洋洲，感慨：南半球上的独特火焰足以点燃每一个到来的人，澳大利亚是欧洲精神下的南半球，新西兰是牧歌之国。他眼中的世界如此独特：南非，时间最神奇的土地之一；泰国，生活的丰富性举世少有；土耳其、埃及，人的双眼能看得见的古老之光；今生今世，只有人到以色列，才能真正与感慨和沧桑相遇；俄罗斯，辽阔、博大、非凡，令人神往的世界地域第一大国；任何国家，都难以比上印度这样令人感慨万千、难以言说，印度在世界之外巨大地“孤悬”着。他来到遥远的南美洲，去到南美最古老的国家秘鲁和最大的国家巴西，前者是印第安人的王国，一个神秘之国，后者是最激动、最让人产生想象力的、梦一样的地方。而得到溢美之词和诅咒之词最多的国家——美国，强悍的外壳下，其瑰丽和谬误让人震撼。与日本面对面，他说看看日本，看懂日本，这是看透整个世界非常关键的一环。

在他的文字中，可以看到一个人对世界的探索，对人生意义的追寻，看到短暂卑微的个体与永恒宽广世界之间的交汇。去到过的每一个地方，他都会将此地的文化、历史娓娓道来，加上许多自己的思考，融入当时的所见所闻。如在印度，看到无处不在的衣不遮体的苦行僧——印度教徒，他感慨：“在老庄思想永恒的中国，精神上的退路永远是畅通的，这使普遍的人生变得柔和，而在印度，形式上的退路居然也这么畅通，实在让人眼界大开。”在恒河边上，他见到一个乞讨的湿婆僧，他想：“他完全可能是家财万贯的人，他的这种存在是印度式的特有选择，把自己折磨成‘空’，这是印度至高方式的一种。在恒河边上看到这个人，你很容易体会到印度教对整个印度的自觉折磨，我能看到湿婆僧头朝下的影子映在恒河，也能看到印度头朝下映在恒河里。印度宗教产生的情感，是印度之外的人很难理解的，也常常是格格不入的，这种格格不入性来自于世俗人生理解力的有限性。”在日本东京商店里，他看到“神风”的东西在卖，联想到日本在战争问题上的死不认错，他又分析：日本有个人叫福泽渝吉，他写过《西洋事情》，发表了被称为“明治的圣经”的《劝学篇》和《脱亚论》，使日本的一切对外扩张有了精神指南，而福泽渝吉被日本尊为圣人，他的头像，至今仍不可动摇地印在日本最大的币面 1 万日元上。因此，只要福泽渝吉还“圣”着，想让日本对战争认错，就是艰难的。他到以色列做了一次神秘之旅，文中他告诉我们：耶路撒冷老城只有 1 平方千米，相当于厦门的鼓浪屿，就是这么个小地方，犹太教徒、基督教徒、穆斯林的一切历史、宗教和传说都交织在一起。人在耶路撒冷就是在一种精神的源头之上，抬头、举目、侧身、低头，没有地方能不与神圣的东西相遇，没有任何东西不沧桑深厚，令你感动唏嘘。一路走，一路说，一路悟，如果没有先看万卷书，如何支撑这样思潮波澜壮阔的万里路呢？

旅行的意义是什么呢？我想，也许，就是人本能的需求，追寻那种发自内心的自由、宁静、喜悦和松弛，那三个“我是谁，我从哪里来，我要到哪里去”永恒的命题，在夜深人静时总困扰着我们吧?！在路上，美好的感受转眼就成为来年庸常生活最深刻的记忆，刹那即永恒。如我，记忆中有泸沽湖的松籁、金沙江夜色中的三座雪山、扎伊扎噶雪后的云海、天山上的云朵和山坡上云朵一样的羊群、普罗旺斯艳阳下紫色的花海、地中海五渔村飘动的白色床单、石头城深巷中似远古吹来的风、阿尔卑斯山徒步迎面而来的那山那风那人。有个叫刘以林的人，在路上，他看，他悟，他升华。许多的感受深深打动着我，在夜里读他的书，让人欲罢不能。在印度恒河悟佛，他说“我佛：一棵树、一片地、一个我，一股印度的风，这就是今天的此刻。”“今天我在印度的旷野中，这种好，万金难买。”在泰国，他说：“旅行是好的，它是太阳伸下的一只手，拉着我们在自由的空间里转悠。”在瑞典，他又感慨：“旅行的深层次是超旅行的，那些超出的部分，有的可以用语言表达，而有的则完全不能够，那些不能表达的东西，就是精神上缥缈的私家花园。从这一点讲，一个有充沛旅行经历的人也是举着人生飘逸旗帜的人。”

刘以林与我们分享他的环球之行，更重要的是，他以自己的亲身经历告诉大家如何实现梦想。现实生活，大家都在忙，忙完一件事，又忙另一件事，我们要离开这些事情，就像鱼要离开水一样困难。刘以林说，要周游世界，就必须一跃而起，就像一块石头突然展翅飞到天上一样。人生只有保持主动才能生机勃勃。他在周游世界之前曾一个人驾车周游了中国，那是一种光明不朽的感觉，真的是“大风吹走富贵，人间一片光洁”。远行之美难以描摹，但张力强大，如同人生中吹着大风一样。有这种风在，人思想的峡谷就永远有回声。于是，就有了这五年的环球旅行。走了这么多地方，他悟道：“许多人在错过生命，他们一直在呼吸，一直在变老，一直在走向坟墓，这不是生命，而是从摇篮到坟墓的慢性死亡；人的生命应该成长而不仅是衰老，这是极少部分人能取得的特权，成长意味着每一步都深入到生命的规则，即远离死亡。你越深入生命，就越能领悟到生命中的不朽，你感到这种不朽，你的生命就‘成长’了，你就是‘觉’了。”他在印度恒河体会：“怎么‘觉’了呢？那就是把‘我会老、我会病，我会死’忘了，越过了生命中第一层的肉质的生，达到一种不朽，自己的心智所能照耀的世界，广大、远、亮、灿烂、自由，而且永恒。此时此刻，我感到生命向前跳了一下，感到这儿有‘这么多的东西’，自己走向这些东西，去成为它们的一部分，去成为它们的‘心’。不朽是什么呢？是我们超越眼前物质所能看见的一种光和价值，也就是苏轼说的‘物与我皆无尽也’那种意思。”

要看多少书，走多少路，见到多大的世界，经历多少事情，具有什么样的阅历，才能达到这个境界呢？

兑泽方圆　夜雨敲窗

我后来发现
一个人的生命只有一次
世界是永恒的
生命是一次性飞向远方的鸟
梦破碎的声音很诗意
但梦想实现的人生更加豪迈

跟着古诗去看雪

春节去南昌过年,七天假期倒有五天在下雨,冲淡了一些新年的喜庆。

在冬天,雨让人烦恼,雪才让人喜悦。雪花飘飘的世界有多美好,光是想象一下就让人无比激动:片片雪花犹如一个个小精灵,从天空中落下来,雪花纷飞,天地一色,诗情画意,美不胜收;而雪后天晴,整个大地银装素裹,孩子们打雪仗、堆雪人,喜悦和欢乐会充满整个城市。

然而,南昌的冬天没有雪,这个春节假期更是浸泡在雨水中。既然出门不方便,干脆就待在家里,把古诗词的书一本本翻开,寻找雪的踪迹。

遥远边关,荒凉塞外,冬天就成了雪的天下,所以边塞诗人很容易写到雪。李益在《从军北征》中写道:“天山雪后海风寒,横笛遍吹行路难。碛里征人三十万,一时回首月中看。”天山、大雪、军营……几乎就是边塞的典型场景。

说到天山的雪,没有人能比在安西和北庭从军八年的岑参更熟悉了,当然他写得也是最多的。他有专门写天山雪的诗歌,比如《天山雪歌送萧治归京》:“天山雪云常不开,千峰万岭雪崔嵬。北风夜卷赤亭口,一夜天山雪更厚……”岑参为后人记录了雪中天山的景象:本来就已经是雪峰林立,绵延千里,再加上北风夜袭,风雪交加,把天山完全变成了白色的世界。

在岑参的边塞诗中,冰雪、严寒、送别几乎是一贯的主题,这也难怪,唐朝的天山似乎无时不在下雪。“四月犹自寒,天山雪濛濛”“北风卷地白草折,胡天八月即飞雪”……八月就开始下,四月都还没有停,岑参在《北庭作》一诗中专门说到过这个情况,“秋雪春仍下,朝风夜不休”。

不过他也有把雪写得非常可爱的时候,最典型的就是那句无人不知的“忽如一夜春风来,千树万树梨花开”。暂时抛开边关严寒和征战之苦的话,就看到了雪最美的一面,一夜大雪,雪压满枝,第二天放眼看去,就好像千万树梨花开放,春天已经到来。

雪中总是有雁的身影,想到这儿,最先回忆起的是高适的《别董大》:“千里黄云白日曛,北风吹雁雪纷纷。莫愁前路无知己,天下谁人不识君?”高适和岑参这一对并称“高岑”的齐名诗人,同样是在雪中送行、写诗赠人,同样写出了流传千古的名句。“忽如一夜春风来,千树万树梨花开”想象丰富,比喻美妙;“莫愁前路无知己,天下谁人不识君”友情真挚,乐观豪迈。

“月黑雁飞高”,在卢纶的《塞下曲》(其三)中,第一句就出现了雁的影子,但接下来说敌方“单于夜遁逃”,我方“欲将轻骑逐”,看上去跟雪完全没什么关系,然而最后一句“大雪满弓刀”点亮了全诗。一幅画面就此鲜活起来——夜色茫茫,大雪飞扬,一支精兵迅速集结,即将去追杀逃跑的敌人……让人瞬间充满了正能量。

白居易说:“南窗背灯坐,风霰暗纷纷。寂寞深村夜,残雁雪中闻。”(《村雪夜坐》)南宋严羽说:“暝色蒹葭外,苍茫旅眺情。残雪和雁断,新月带潮生……”(《江行》)雪中有雁,雁飞雪中,由此看来,大雁确实比普通的鸟强大得多,因为普通的鸟在大雪中就不敢出来了。有诗为证:“千山鸟飞绝,万径人踪灭。孤舟蓑笠翁,独钓寒江雪。”

柳宗元那首《江雪》诗无疑是千古名篇,历代不知有多少画家以此为题意作画,不过我想得更多的是,这首诗是柳宗元被贬湖南永州时写下的,永州比南昌纬度更低,古代还可以有这样的大雪,可见南昌也并非一直都是无雪之地。

有意思的是，与柳宗元齐名、并称“韩柳”的韩愈，也在被贬时写到过雪。当时韩愈被贬为潮州刺史，必须立即从长安启程，前路漫漫，心下惨然，过蓝田关时写下了“云横秦岭家何在，雪拥蓝关马不前”（《左迁至蓝关示侄孙湘》）这样的诗句。

若只论五言绝句，写雪的诗中有一首堪比柳宗元的《江雪》，那就是刘长卿的《逢雪宿芙蓉山》：“日暮苍山远，天寒白屋贫。柴门闻犬吠，风雪夜归人。”不过在这些大诗人笔下，雪要么是边关军营的严寒，要么是遭受贬谪的失意，有点过于沉重，对应不上新年的心情。相比之下，还是一位名气小很多的诗人写得宁静、美丽：

片片随风整复斜，飘来老鬓觉添华。
江山不夜雪千里，天地无私玉万家。
远岸未春飞柳絮，前村破晓压梅花。
羔羊金帐应粗俗，自掬冰泉煮石茶。

这首《雪》为宋末元初诗人黄庚所写，“江山不夜雪千里，天地无私玉万家”写一夜大雪纷飞，覆盖了千家万户的屋顶……我不由无限向往，要是能在这样的雪后乡村，高挂红灯，燃放鞭炮，过一个春节，该有多么美好啊！

嗅着气味去生活

一直以来,父亲都是不吃羊肉的。

冬天的时候,会有各式各样的羊肉汤、羊肉火锅,但父亲都一口不沾。有一次问起来,父亲说是小时候吃太多,闻到那种气味便会恶心。我猜是不好的记忆。

父亲说小时候家里很穷,做菜没有油水,于是就拿家里的东西跟人换羊油。羊油是从一些卖羊肉的商人那里换来的。把一根粗绳子浸在羊油缸子里,提出来,羊油就会凝固在上面。等到做菜的时候,就把绳子剪一段放到菜里,这样才有了一点油水。羊肉的腥味儿是出名的,于是长久以往,所有的菜都带着一股浓烈的羊肉味儿。也许父亲每次闻到羊肉的气味,就会想起小时候的贫苦日子,想起天寒破冰洗衣的日子。又或许,只是这种过于浓烈的气味打破了某种平衡。就像装在神灯里的妖怪,羊肉气味就是唤醒他的咒语,不速之客的到来有时给人惊喜有时却很恼人,显然,这次不是前者。

但值得期待的气味应该更多。不知你有没有过这样的经历,本来的平常日子里,突然闻到一股熟悉的气味,于是忍不住追着凑上前去探个究竟。不论是国王坐拥天下美味,请遍四海名厨只求当初一味,还是民间小吃因为似曾相识的气味在街头红火几十载,食客们都抱着吃回过去的情结流连不去。气味就好像一个时光机,寄托着每个人的想念,明明知道回不去,但从表面上得到一点安慰、一点点侥幸的试探也足够驱使气味长存。当初冬夜里在院里烤橘子的气味,写信前拿起纸到鼻尖的气味，晒过太阳的毛巾的气味，甚至是清晨的气味，夜晚的气味……在清晨苏醒或者深夜入睡前混沌的几秒钟内，我把那种一瞬间恍惚不知身在何处的彷徨与期待，归结于那些时刻的气味。或许是那一时刻里，我闻到家乡的气味，便觉得整个人回到家乡了。据说这种怀念的味道叫作古早味，古老的旧时的早期的气味，好像什么东西放在时光里滚一滚，便绽出光辉了。林夕曾说："新屋有簇新的味道，旧地有故旧的气味。"人是喜新，更是念旧。

因为一种气味唤起一整块记忆，因为记忆而爱上或者回避一种气味。气味和记忆，就好像月老牵线的一对初识情侣，因果中自有注定，但具体的牵绊和磨合，都管不得说不尽了。气味这种若有似无的东西，由无数个细小的分子组成，然后变成生活中不可或缺的一部分。故事都装在里面。

小时候生活在外婆家的经历，让我对于气味又有新的一层理解。外婆总是喜欢在清晨搬张凳子坐在窗户底下摘菜，把每一根拿起来，闻一下，然后掐掉坏掉或者太老的部分，然后用手指掐成几节放进篮子里。母亲怕外婆太累，长时间低头驼背摘菜会颈骨酸痛，就让外婆用刀快速切成几段，这样又快又齐整。外婆有些生气地说，菜不能沾刀气。自己摘出来的菜比用刀切出来的菜好吃，因为摘出来的菜是自然气味，用刀就沾了刀气，会盖过菜本身的气味。清晨搬凳子坐在窗下，也是为了取自然光。自此之后我就觉得气味很脆弱，好像悬在边缘的玻璃杯，点滴之力就可破坏。也明白气味是与生俱来的馈赠，不可随意置放。自然的功力看似轻松，实则变迁了许多岁月才来。

我们需要气味，不仅仅是缘于嗅觉的满足，而是因为种种气味已蕴寄于生活情趣之中。"色恶不食，臭恶不食，失饪不食，不时不食"，这是古时的儒者气味。"渐老渐语闲气味"，这是香山居士的闲情气味。每一种生活方式都有着不同的气味。一直希望住在一所自己建造的房子里，吃的是自己所做的食物，穿的是自己设计的衣服，家居是自己的思想所在，书架上有自己的书，身边是永不离去的人。这种生活的气味必然与忙于奔波的人生气味不同。

大多数人追究于周围的形色,而我更敏感于气味的世界。我们的感官太多,所以欲求太多。狗凭气味生活,于是忠实。忠实于生命的人才是最聪明的人。

愿你能轻轻一嗅。

跟随声音去追忆

沭河是新沂城市的中轴线，也是新沂人民的母亲河，沿河而建的沭河之光景观带水路弯弯，草木丛生，是市民们休闲、娱乐、健身的理想场所。每到傍晚时分，华灯初上，来此游玩散步的人很多。广场上，时而传来孩子们嬉戏玩耍的打闹声，时而传来广场舞的音乐声，更从远处飘来悠扬的古琴声。

这琴声是古筝？是扬琴？是琵琶？顺着琴音走去，细细听来，原来是一群人正在表演我们家乡的柳琴戏。柳琴戏是由其乐器柳叶琴繁衍出来的一个剧种，而柳叶琴也就是电影《铁道游击队》中小坡弹的那个“土琵琶”，琴声清脆嘹亮，宛转悠扬，犹如大珠小珠落玉盘。而柳琴戏是苏北地界的地方戏剧种之一。它的历史可以上溯到清朝乾隆年间。历史上的演唱者多为流浪的农民或者农闲才演唱的半农半艺的庄稼人，唱腔优美，感染力极强，能把人的魂儿拉走。所以柳琴戏在当地又叫“拉魂腔”，意谓其声腔风格独特，女腔委婉华美，男腔朴实浑厚；剧本文辞通俗易懂，妙趣横生；戏曲表演质朴健康，诙谐幽默，讲述着百姓的喜怒哀乐，传达着平民的向往祈求。

我是一个戏盲，对戏曲中各种唱腔更是一窍不通。听戏时只会凭直觉感受是高亢激昂还是清悠温婉，连入门级都算不上。年少时的我，对于身为戏曲还有一些的抵触情绪，不喜欢拿捏的唱腔，总觉得这和我们现代的生活方式格格不入，偏离现在生活的轨道。但戏曲对于身为戏迷的爷爷来说，可谓是精神食粮。

每当爷爷听戏时，就会和我讲起他儿时的看戏经历。小时候，生活条件比较差，能解决温饱问题就已经很好了，更别说文化教育方面。当时，人们的文化生活相当贫乏。因此，听戏对于乡邻们来说，算是一件欢天喜地的大事了。每到农闲时，只要有戏班子来村里唱戏，乡邻们就会奔走相告，家家户户尽快拾掇好手中的零碎活，三五结伴，争先恐后地向戏台子奔去，生怕去晚了就没了位子。只听小锣咚咚锵锵一敲打，整个戏场立即鸦雀无声。吹、拉、弹、唱、翻、打、念，演员们提袖甩袍，吹胡子瞪眼睛，一套功夫，十分娴熟。唱到动人之处，乡邻们则附和着哼上两曲，暂时忘却平日生活的窘迫拮据，忘记田间耕作的疲乏辛劳，所有的烦恼忧虑都随着一声声雷鸣的喝彩声发泄出来。“听了拉魂腔，啥酒肉不香”，他们自是体会得最深。月在西天，戏毕人散，乡邻们心满意足地回家去了。爷爷说，回到家中，还要回忆戏曲的内容，慢慢咀嚼戏曲那丰富的内涵。有时，还会模仿两嗓子。

爷爷说，小时候看戏也看不出什么门道，只是图个热闹。现在回忆起来，拉魂腔的舞台就是乡邻们人生的世界。生、末、旦、净、丑的行当，唱、念、做、打的舞台艺术，无不给人们上了一堂堂生动有趣的人生哲理课。柳琴戏虽说是一门艺术，灵感实则来源于生活，通过舞台的放大效应，凸显善的美，夸张恶的丑，让乡邻们接受伦理纲常，学会做人之道，坦然面对生活中的一切。

一方水土养一方人，柳琴戏就像沭河水一样，滋养了一代又一代人。沭河之光的戏台就如爷爷儿时那样，没有电影电视那样的豪华，却让人感到分外亲切，而且，戏曲里有百态的人生。

带着心灵去流浪

“人生就像一场旅行，在乎的不是目的地，而是沿途的风景以及看风景的心情，让心灵去旅行。”

这是一段广告词，没有华丽的辞藻，简简单单几行字，却蕴含着深深的人生哲理。

“上车睡觉，下车拍照，回家一问，啥也不知道。”某位导游精辟地概括了大多数游客的旅游经历。我们的生命也正如一次旅行，我们知晓时间的短暂，有时为了看到更美的景色，急于奔波，却忘了旅行的意义，当我们放慢奔走的脚步，路旁的野花也足够我们欣赏！

泰戈尔觉得路上花朵会一直开放，不必为了一朵花逗留；萨拉却更愿意停留观赏，因为害怕一心一意赶到的地方会是沙漠。我们的生命很有限，有渴望完成的目标，为了品味，享受人生的快乐而停下追求的步伐，显然是不行的，倒不如将达到目标期限往后推，留出一部分的时间享受生活。

很多人经常抱怨人生苦短，诚然，人的一生注定短暂，而我们的心里有太多的东西放不下。毕淑敏说，我们就像小丑，手上有五个玻璃球，一旦拉开人生的帷幕，我们就要不停地抛起、接住这五个球。这些球是我们心中放不下的：亲情爱情名利健康快乐。为了不让它们摔碎，我们会越来越辛苦，不得不为了最想留住的放弃另外的。在这个被迫的选择题中，有些人愿意留下生活中的美好，也有的人愿意留住金钱。

追名逐利的心，人人皆有，不同的是我们对它的控制力。

许多人为了走向康庄大道，远走他乡，奔赴海外，与家人过着聚少离多的日子，生命中的爱情、亲情自然褪色了。金钱、权利，绝非萨拉笔下的“妍花和蝴蝶”，它不过是人生旅途两旁的鹅卵石罢了，如果人生仅仅是为了捡起与守护这些石头，生命便会索然无味了。

虽然被利欲熏心的人不少，但仍有懂得生活的人。

普利兹克奖得主王澎是享誉全球的著名建筑师，在完成多个惊人的作品后，主动选择归隐，与妻子二人共度田园生活。他的引退并不是掩饰锋芒，而是对人生的态度，对生命的尊重，他有一颗淡泊的心，名利并未蒙蔽他的眼睛，反而让他看清了自己想要的生活，他的成就无非是对他人生的点缀。

如果人的一生是在海边行走，我们快乐地奔跑，可能会错过浪花的歌声，我们仔细地捡起美丽的贝壳，可能会丢失夕阳的美景，边走边欣赏，人生的美好无处不在。

人生也是一场旅行，身未动，心已动，有所取舍，让心灵去旅行吧。

包裹好奇去旅行

家里的小妹远嫁武汉已是多年前的事了,和南京一样被称作火炉的武汉一直让我好奇,高铁的开通让我如愿以偿,终于可以看看和南京一样的雄伟的长江大桥和满街的法国梧桐。

“一桥飞架南北,天堑变通途”,这是形容的万里长江第一桥武汉长江大桥,这座铁路、公路复线桥凝聚了近代劳动人民的伟大智慧,来到武汉务必要到此一游。攻略上说桥头的滨江公园绿树荫荫,樱花烂漫,可沿滨江栈道近观水波氤氲的长江,抑或坐在江堤看火车疾驰而去,也可乘电梯登上桥头堡远观浩瀚的江面。轰隆隆的火车和鸣笛的汽车在江面交织出一首协奏曲,身处公园中却能独守到一片宁静。听说一年四季,春夏秋冬景色各有千秋。春天凉爽,江风宜人;夏季气候炎热,傍晚伫立桥头凝望海天交接,心情疏爽;秋季硕果时节,看无限夕阳;冬季,要是有偶尔的小雪,站在桥头,感觉世界分外妖娆。武汉长江大桥是新中国成立之后在长江上修建的第一座大桥,历经风雨沧桑的武汉长江大桥,巍然立在大江之上,肩负着每分钟60多辆汽车通过、每6分钟一列火车通过的荷载,经受了无数次洪水、大风的洗礼,更承受了76次碰撞事故的考验。但是专家最近检测得出的结论是:大桥的桥墩、钢梁等主体结构可使用100年以上!我眼里的武汉的长江大桥少了南京长江大桥的政治色彩,古香古色。初夏的江水裹着泥沙从桥下翻滚而过,粗壮的桥墩承载着无尽的沧桑。

离大桥不远就能看到闻名遐迩的黄鹤楼，作为我国四大名楼之一，可能它出名只是因为我们在语文课本上学到的那首诗，但是翻新过后原本自然景观的欠缺，加上不菲的门票，真有些“昔人已乘黄鹤去，此地空余黄鹤楼。黄鹤一去不复返，白云千载空悠悠”之感。“晴川历历汉阳树，芳草萋萋鹦鹉洲。日暮乡关何处是，烟波江上使人愁”已成为千古绝唱。混在慕名而来的游客中，被让我又爱又恨的梧桐雨轻扰，只能匆匆到此一游了。

每个城市都有繁华的市中心，和北京王府井、上海南京路、天津和平路、哈尔滨的中央大街齐名的武汉江汉路是中国大都市的“五朵金花”之一。江汉路犹如一座街头博物馆，见证着江城武汉的沧桑巨变。除了购物外，还能领略到多姿多彩的近代历史建筑风韵。最耐看的，是一字排开的各种建筑：欧陆风格、罗马风格、拜占庭风格、文艺复兴式、古典主义、现代派……在夜幕下被各色霓虹和彩灯映照，分外迷离，颇有几分魔都外滩的感觉。沿江的滨江公园里人头攒动，孔明灯点缀在夜幕里，诉说着星语心愿。

一个人也不能辜负美食，来到湖北武汉，不能不去的地方要属户部巷了。它是武汉人的早餐巷，所有的经典小吃几乎都能在此巷中找到，现在成了游客聚集的美食一条街。这里有百余种特色早点和小吃品种，这里也是武汉老字号的集中地，如石婆婆热干面、徐嫂鲜鱼糊汤粉、谢家面窝、高胖子粥店、陈记红油牛肉面、万氏米酒、王氏馄饨、何记豆皮、麻婆灌汤蒸饺、李大饼、顾氏肉松卷、吕记油饼、吴记米发糕、好来牛肉面、老乡小吃、李记粉面、陈记烧梅面窝、小文煎包等。我不是吃货，但我喜欢看各种美食制作的过程和完美的摆盘，我对美食“色”的要求远远高于“味”。谁让现在是个拼颜值的年代呢！

一饱眼福之后去东湖走走。位于东郊的东湖公园总面积72平方千米，其中水面积33平方千米，是杭州西湖的6倍，是全国最大的城中湖。东湖湖岸曲折，碧波万顷，青山环绕。园内共六大景区，分别为听涛景区、磨山景区、落雁景区、白马景区、珞洪景区和吹笛景区，主要景点有寓言园、音乐喷泉、行吟阁、长天楼、九女墩、湖光阁、水天一色、曲堤凌波等。景区内磨山南麓的中科院磨山植物园内有许多珍稀植物，极具观赏价值，而且这里的“春兰、夏荷、秋桂、冬梅”也非常有名，受小资们青睐的武大樱花就在东湖校区。虽然已经过了樱花盛开季，但是依稀可见它的盛景。园内的人悠闲地散步骑行，或坐在湖边长椅上，看着波光粼粼的湖水，享受着初夏的暖风，远离喧嚣，安逸至极。

武汉是个慢生活的城市，如果你累了，不妨去走走。

中宫须弥　万物生长于土

物资的核心

事件的中心

空间的中央

地理的中位坐标

数字的中点

静止的保有状态

品行是人性的九五至尊

在岁月中修养自己

生命就是一朵花，静静地开，悄悄地落，不是活给别人看的。

缓，可以三思；退，可以远祸；舍，可以养福；静，可以益寿。

人生如行路，一路艰辛，一路风景。一个人的目光所及，就是自己的人生境界。

最好的地方，是没去过的地方；最好的时光，是回不来的时光。大家都在说放弃的时候，希望在低语：再来一次。不为做过的事而懊悔，遗憾的是有些事有机会却没有去做。人之所以幸福，在于知足。

远与近：看油画，近看模糊一片，远看层次分明。有的事物离得太近便无法认清。

高与低：人往高处走，水往低处流；人往高处有骄气还会下来，水流低处有压力也能上去。

上与下：上山要低着头，下山要昂着头；人生上坡要自谦些，下坡要自信些。

硬与软：牙齿硬却早掉，舌头软能长久。战胜对手善于以柔克刚，待人处事贵有宽柔之心。

脚与鞋：鞋只有适应脚，穿着才舒服；而有的人却让脚去适应鞋，因为别人褒贬的是鞋而不是脚。

抓与放：抓住一件东西不放，就只能拥有这件东西；如果肯放手，还能选择别的东西。

哭与笑：哭不一定表示痛苦，笑不一定就流露幸福，也有喜极而泣、哀极而笑的时候。

帆与桨：帆只能使船在顺风中前进，而桨却能在逆风中最终将船划向理想的彼岸。

前进与后退：方向错了，前进一步等于后退一步，而后退一步，亦等于前进一步。

幸福与不幸：一个人最大的幸福，是不认为自己不幸；一个人最大的不幸，是不知道自己幸福。

做一个真我的人：每一个人都持有自身生命的活水，那就是“真我”。真性真情就是天生具备的自家宝藏。拥有真性情，拥有诚实的心，对待家人，即可至亲至孝、至情至深；对待朋友，即可淡无心机、坦荡心怀；对待他人，即可宽厚待人、少思计较；对待事物，即可驱除眼碍、自得其乐。

做一个自律的人：自律，源于对自己的真正关爱，源于一种道德良知。做一个自律的人，就能率真地面对自我，素心为人；就能品行如修竹傲立，操履严明；就能做到德居人前，利在人后。因为自律，拥有自尊；因为自律，拥有自信。

做一个守静的人：静，是一颗平常心，是一种气度，是一种境界。守静，就是要做一个身置闲处、心安静中的人。一颗冷静的心，可跳出世俗的羡慕；一颗安静的心，可消磨贪念与执迷；一颗沉静的心，可拥有闲散的志趣；一颗守静的心，才能达到“回首向来萧瑟处，归去，也无风雨也无晴”的淡然境界。

云淡风轻

年轻时看远，中年时看透，年老时看淡。

看远，才能揽物于胸，只看眼前美景，难见山外之山。看透，天下熙熙，皆为名来，天下攘攘，皆为利往。看淡，不是不求进取，也不是无所作为，更不是没有追求，而是平和与宁静，坦然和安详。离尘嚣远一点，离自然近一点。

云淡风轻的人，久经冷暖，把人与事看得开了，看得透了，不再看得繁杂、神秘、惧怕，如经过激流险滩归于平静的河流。

云淡风轻，有时候，只是简单，歆享生命最初的原味和宁静，淡泊明志，宁静致远，反观自身，明心见性，做深沉的凝望，做慢下来的沉淀，做卸下负累的思考，做短暂的休整安眠。更是一个人在自我的风景里进得来、出得去，进出自由畅达，身心通泰；拿得起，放得下，让生活过得有滋有味、有声有色。

云淡风轻的人，一定能在简单里找到深刻，也会化复杂为简单，让宁静开花，让孤独蓬勃，让浮躁安坐，让挫折和阻力消化为成长的营养，让整个人生波光潋滟、丰富满足。

静下心来的时候

当你静下心来的时候，整个宇宙成为你的万有，你会听见下雪的声音，听见树叶的低语和夜的叹息，你会触摸到无形之相，以神奇的觉知感受世界。

当你静下心来的时候，落日才会停得更久，你经常走的路会突然间笼罩金色，你会发现生活是如此美好，每天视而不见的水杯也变得神圣，你会以包容的心慈爱一切生命。

当你静下心来的时候，河水流淌得更加缓慢，原野中的雏菊开得更加茂盛，窗外的雨声就像天人的细语、草尖上的露珠，从早晨直到黄昏还依旧晶莹剔透。

当你静下心来的时候，时间已然停止，你生活在自己的世界里，你会发现整个宇宙的奥妙，不邀明月，明月自上心头，不引清风，清风缓缓吹过。

当你静下心来的时候，你可以安住在宇宙的任何一角，一处庭院，一间陋室，一杯淡茶，你会以淡泊的心全然享受生活，不用去寻找伴侣，自己就是最好的朋友。

当你静下心来的时候，你的脚步是如此轻盈，就像蒲公英在空中飞舞，生活变得如此美好，你会发自内心地感恩所有，变得安详、自在，心中没有一丝的挂碍。

当你静下心来的时候，抚一曲心琴，听着天籁之音，对面的花不知不觉中已经绽然开放，一切是如此美妙。

当你静下心来的时候，心中的慈悲和智慧油然而生，你的爱就像饱满的稻穗，只想给予、分享，你的喜悦就像无尽的光明遍满晴空。

当你静下心来的时候，宁静是最美的享受，寂寞是最好的朋友，四季变得模糊，时间失去边界，你可以在时空中随意漫步，天地与你同体，万物与你同生。

当你静下心来的时候，亲爱的朋友，你会知道，你未曾生也不会死，你就是宇宙，那一切的源头……

在宁静中拓展思维的疆土

人需要宁静。宁静是一幅画的底色，单一而清纯，人们可在上面演绎色彩的故事；宁静是一块土地，肥沃而平坦，人们可以在里面播撒智慧的种子。宁静可以致远，要想让自己的心胸变得开阔，就要在宁静中拓展自己思维的疆土。

心烦意乱，不能宁静，思想就会像狂风吹过的苇草，七零八落；热衷喧闹，拒绝宁静，智慧就会如月迷津渡，楼台雾锁。

大智者莫不是气定神闲，如得道之高僧。心有宁静，无故加之而不怒，骤然临之而不惊。因为明白，来的终究要来，去的终将要去。宁静筑就了心里强大的基石，承载着大德、大智和大勇。所谓急中生智，也只不过将脑中一切无关的事迅速调为“静音”状态，顿时生出化解危难的智慧。

静能修身，静能生慧。腾出物欲空间，让宁静驻在心中，才能修炼得内心强大，修炼得百毒不侵。

静，是一种品格，是一种尊严，是调节人的精神的法宝。

静,可以沉淀浮躁、过滤浅薄。

静,是一种善良,是思维的序曲,无声地鼓舞着人的高尚。静,有时是大喜大悲的思考,有时是抒发激情的感悟。

静,是一种平和,有一种无与伦比的美。静,如春日阳光、夏日清风、秋日枫叶、冬日白雪,时时展示着生命的活力。

静,是一种美好,是一处流动的风景,是一抹淡淡的云彩,是一束幽幽的清香,是美的极致。

静,是一种欣赏,是一种人生的彻悟,是一种智慧的清朗,使人拥有了然于心的磊落。

静,是一种豁达,使人不去在意拥有和索取,学会放弃和奉献,让快乐永随。

静,是一种智慧,能感知心止如水,带来一片湛蓝的天空,营造一方心灵的净土,让人拥有高品位的人生。静,是一种境界,能倾听缓缓流淌的天籁之音,使人怀揣着真诚,感受到纯洁的呼唤。

静,是一种素养,让我们学会放弃,在恰当的时候转身,使心灵少了很多负累,多了些许内涵。

静,真的很美! 在平静中微笑,在平静中生活。

顺其自然

很久以来,总是在思考: 什么是随和?

有人说,随和就是顺从众议,不固执已见;有人说,随和就是不斤斤计较,为人和蔼;还有人说,随和其实就是傻,就是老好人,就是没有原则。那么,随和到底是什么?

随和,是一种素质,一种文化,一种心态。随和是淡泊名利时的超然,是曾经沧海后的井然,是狂风暴雨中的坦然。

做到随和的人,必定是高瞻远瞩的人,宽宏大度的人,豁达潇洒的人。而胸怀狭窄的人,根本做不到这点。“难得糊涂”就妙在其中。

但随和绝不是没有原则。随和的人,首先是聪明的人,他以睿智的目光洞察了世界；随和的人，是谦虚的人，他始终明白“尺有所短，寸有所长”的道理；随和的人，是没有贪欲的人，他可以很好地控制自己的世俗欲望……

随和需要有良好的自身修养：善于和有不同意见的人沟通，学会换位思考，学会感恩；真诚地赞赏别人，夸奖别人；不吝啬自己的微笑。

随和需要有淡泊名利的心境。“宠辱不惊，闲看庭前花开花落；去留无意，漫随天外云卷云舒。”随和需要有与人为善的品质。“不以善小而不为，不为恶小而为之”是做人的准则。品味随和的人会成为智者，享受随和的人会成为慧者，拥有随和的人就拥有了一份宝贵的精神财富，善于随和的人方能悟到随和的真谛。

可见随和也是一种能力。

随和，是待人接物时的诚然；随便，是淡泊名利间的超然；随机，是狂风暴雨中的坦然；随心，是知足感恩里的安然；随性，是曾经沧海后的释然；随意，是悟空放下般的悠然！

有一种心情，叫喜怒哀乐；有一种味道，叫酸甜苦辣；有一种智慧，叫深谋远虑；有一种缘分，叫天长地久；有一种形容，叫人生百态；有一种心境，叫顺其自然。

人生如梦，岁月无情，蓦然回首，才发现人活着是一种心情。穷也好，富也好，得也好，失也好，一切都是过眼云烟。不管昨天、今天、明天，能豁然开朗就是美好的一天；不管亲情、友情、爱情，能永远珍惜的就是好心情。所有大事、小事、难事、易事、乐事、苦事，都是一件事，总有因有果，人与事、事与人，总有着千丝万缕的联系。当岁月在悠然钟声里消失，一切将幻化成空气中的那份宁静、淡然。所以，人生的最佳境界应该是顺其自然、知足常乐。

累了把心靠岸，错了不要后悔；苦了才懂得满足，伤了才明白坚强。从中感悟顺其自然的心境，岂不是更美。

总有起风的清晨，总有暖和的午后，总有绚烂的黄昏，总有流星的夜晚，不如保持顺其自然的心境，把握每一个瞬间，试着去做，去面对每一个昨天、今天和明天。人生中的成败得失全凭把握，纵使历经所有的艰辛苦难，始终要保持一种心境——顺其自然。

心是一块田　快乐自己种

人活着不是靠身体,而是靠心。一个人活着快乐不快乐、喜悦不喜悦,关键在于自己的心,而不是身体。

有时候换一种心情,就会快乐一些。俗话说:房屋不必太宽,心要宽;心是一块田,靠自己去播种。相由心生。这是一句佛语,每个人的心是一块田,种善因,故得善果。

心里是快乐的种子,长出来的一定是笑容;心里是痛苦的种子,长出来的一定是忧伤;心里是恨的种子,长出来的一定是怨;心里充满爱,长出来的一定是宽容;心里有邪恶,长出来的一定是堕落。我们的心其实就是一块田,不在那里种玫瑰,它就会长荆棘。

有一句话:我们不能改变天气,但可以改变心情。人们不必为天总是下雨烦恼,因为下雨可以不用防晒;人们也不必为火辣辣的太阳焦虑,因为灿烂的阳光不会让我们脚下泥泞……

有一颗宽容的心,有一颗善良的心,有一颗充满生机的心,就是播下了快乐的种子,就会收获一颗快乐的心。

赢在平淡

人的牙齿是硬的,舌头是软的,人生尽头,牙齿都掉光了,舌头却不会掉,所以为人柔软才能长久。人生像一只皮箱,需要用的时候提起,不用的时候就放下,不及时放下,人生无法自在。人与人之间的相遇靠缘分,心与心相知靠真诚,人生若有二三好友，无话不谈，不离不弃，可谓幸哉。平凡生活中，忙碌于工作，安然于家庭，赢在和气，修炼大气，不想生活多么富有，只愿家人健康欢欣。

如果可以接受自己不那么完美，就不用忙着去粉饰；如果可以承认自己不那么伟大，就不用急着去证明；如果可以放弃自己的种种成见，就不用吵着去反驳；如果可以不在乎别人怎么看自己，就不用哭着去申诉；如果可以慢半拍、静半刻、低半头，就可以一直微笑了。

要找机会去一个没有别人认识、在乎我们自己的地方。没有人认识，是开始认识自己的最佳时刻；没有人在乎，是开始照看自己的最好机会。这样，我们能够拥有空间审视自己的真实需求。

越安静越丰富

时光越沉淀，越希望安于岁月的一隅，安静做人，观心、听风、见花、赏雨，在烟火红尘里遇一朵花开、凝一窗素色风景、品一壶微苦玉露、修一颗纯净无尘的莲心，对自然界中一切的美丽与破碎都心念欢喜。

倾迷于安静的时光里，读一卷书。周遭万物，仿若无物。顿然，在生命的香炉里懂得宁静执于内心的欢喜，回到内心的自己，不苛求自己，悲悯感恩凡尘俗世里的所有遇见，绽放也好，枯萎也好，都平淡从容，缓慢，安静，不急，不争。

于是，懂了，安静是丰富的。安静是心灵的淡泊，是灵魂的简素，是内心的欢喜，是时光的雕琢。安静令人找到自己，以谦卑尊重的心，欢喜遇见花朵的美好与卑微。安静的心是圆融的、温暖的、欢喜的，它指引人们在平常岁月里开出静美之花。

不卑不亢，安静自在，似品味一壶生活的老酒，把烦琐的日子过得活色生香。

内心丰盈才幸福

一个人的幸福感,不是来自丰衣足食,而是来自内心丰盈。丰衣足食,获得的是人生的踏实感;内心丰盈,获得的是灵魂的归属感。前者让人从容赶路,后者给人在路的前方点灯。

人的痛苦,有时候不是看不到,而是看到的太多。每天挣100块的,其实并不羡慕挣120块的。问题是,当突然看到有人可以每天挣到上千块时,便开始方寸大乱。不平衡,才是一个人内心宕动和迷乱的根本。无法安放的,永远不是身体,而是一颗浮躁的心。

如果把这些归结为生活所需,其实已陷于世俗沉重的背影。这样,势必在虚荣的路上越走越远,被虚荣长距离放逐,再被虚荣一步一步地打败。

这个世界,快乐最多的,不在富商大贾那里,也不在权倾一方的人那里。常常是在乡下,以及孩童那里。他们快活的根本原因是:不贪婪。当然了,一个是无法贪婪,一个是还不懂贪婪。

人们原本有快乐,却在追寻更大幸福的路上,把快乐丢了。这个世界上没有被物质满足到欢愉的灵魂,因为物质无止境,折腾就无止境。所以,最盛大的富有,便是内心丰盈。

内心丰盈,不是一种粮食归仓的充实感,而是放眼生活、始终充盈在内心的丰收感。粮仓总有罄尽的时候,而丰收感却可以绵延不绝。或者,换一个角度说,内心丰盈,是放下贪婪后,心底的那份畅然自足。

想开,看开,放开

生活中,想开难,看开难,放弃更难。许多事,并不是想放就能放下、想弃就能放弃的。

一些事,看开了,却总是不能放下;一些情,明白了,却总是无法放开:一些人,看清了,却总是不能离弃。

生活中,总有一些事,明明知道是错误的,却一直坚持着;明明清楚是不好的,却一直守护着。

说不清的,是人;想不通的,还是人。或许,人生就是这样,一半清醒,一半糊涂,有时清醒,有时糊涂。

什么时候,放下随意,放弃如意,或许也是一种快乐、一种幸福。渐渐知道了,太在乎别人,往往会伤害自己;渐渐知道了,对自己好的人,会随着时间流逝越来越少;渐渐知道了,很多东西可遇而不可求,幸运和机遇往往只能拥有一次;渐渐知道了,现实如此无奈,自己一定要坚强。

有时候不是不想说话,而是有很多话说不出来。过去的就让它过去吧,用心甘情愿的态度,过随遇而安的生活。

安之若素,冷暖自知,阳光很好,我亦很好。生活的最高境界:忘掉过去,满意自己的现在,乐观自己的未来。

生活在自己的世界

一个人,行走在身外的世界;一个人,游弋在心内的世界。

身外的世界,有天、有海,有花、有树,有欢声、有笑语,也会有风、有雨、有别离、有泪滴。

心内的世界,有爱、有梦,有诗、有画,有回忆、有甜蜜,也会有痛、有恨、有暗淡、有失意。

人不能自己让自己累,看透的淡然,超脱的欣然,享受的怡然,平静的自然,关键在于真悟。

心是年轻的,人就是快乐的。看透世事,看穿人心,看淡名利,让不开心的都随风而去。回首一切过往,其实最美的就是身边那些淡淡的平凡。淡淡地飘,淡淡地走,看一看淡淡的云彩,把那些瞬间绽放的美好收藏在自己心中那个小小的世界。

喜欢出发

凡是到达了的地方,都属于昨天。哪怕那山再青,那水再秀,那风再温柔。太深的流连便成了一种羁绊,绊住的不仅有双脚,还有未来。怎么能不喜欢出发呢?没见过大山的巍峨,真是遗憾;没见过大海的浩瀚,仍然遗憾;没见过大漠的广袤,依旧遗憾;没见过森林的神秘,还是遗憾。

诚然,大山有坎坷,大海有浪涛,大漠有风沙,森林有猛兽,但喜欢出发仍然是一个追求,那是打破生活平静的另一番景致,一种属于年轻的景致。

喜欢出发，能从大山那里学习深刻，从大海那里学习勇敢，从大漠那里学习沉着，从森林那里学习机敏，乃至于学着品味一种缤纷的人生。

人们能走多远？这话不是要问两脚而是要问志向；人们能攀多高？这事不是要问双手而是要问意志。给自己树起一个目标，不仅是为了拥有一份自信，更是为了追求一种境界：目标实现了，固然欣慰；即使实现不了，人生也会因这一路风雨跋涉变得丰富而充实——这就是不虚此生。

饮茶与读书

一缕茶香，一瓣书香，文人夫复何求？

茶，清香扑鼻，给人提神醒脑；书，墨香轻飘，让人明理益智。坐在书案前，左手摩一壶，右手捧一书，神思随茶香书香升腾，就有了“御风而行，泠然善也”的忘我之境。

茶与书脾性相同，神韵相通。

当把茶放在茶具里，冲上开水时，茶叶犹蜷，茶汁尚苦，茶水微浊，喝一口不得其中真味。当冲上第二杯水时，茶叶浮浮沉沉，逐渐舒展，茶汁微浓，轻啜一口，满腹生香。当冲上第三杯水时，茶形完全展开，叶脉一目了然。此时茶水碧绿，如初春枝头嫩芽；茶色清澈，像一块透明翠玉；茶香袅袅，似有若无，似无若有，微闭双目，细啜慢品，妙不可言。故坊间有一说：头道叶子二道茶，三道喝得痒巴巴。到这个时候，真欲罢不能，不来个几杯，不足以解心头之痒。

读书何尝不是如此。

刚刚读书时，如蜷之茶，不得要领，不明其理，迷迷惘惘的，感觉很苦。到再读时，慢慢有些明白，如茶叶缓缓舒展，书中之事、书中之情也能了解个七八分。可读书要达到举一反三、融会贯通的地步，就如饮三道茶，似佛家仙人。

泡一杯茗，目视茶色、口尝茶味、鼻闻茶香，营造了清心悦神、超凡脱俗的心境。捧一卷书，口诵其声、手翻如帛、胸有千壑，达到了超然物外、情致高洁的意境。在书边品茶，沁人心脾；在茶边品书，甘之如饴。茶道融书道，道法自然，道道相通。

“流华净肌骨，疏瀹涤心源”是茶之功效，也是书之功效。

开水白菜

有一种境界叫“开水白菜”。以最朴素平凡的面目示人，却有着丰富而厚重的内涵。这种淡，不是寡淡苍白，而是洗净铅华后的真醇之味。这种淡，不是贫乏空洞，而是繁华落尽后的简约之风。

有一位作家，年轻时文风颇为张扬铺张，仿佛生怕别人不知道他的才情。如今，他的文字却大气老到，温和蕴藉，颇有谦和淡然的味道。原来，真正的“武林高手”从来不动声色，却有强大的气场。

不光文字，人生也是如此。苏轼一生坎坷波折，在命运的洪流中浮沉，人生五味都尝了个够，才品出“淡”是最真的滋味。“也无风雨也无晴”是他历经沧海后平静内心的写照。

人生如有“开水白菜”的境界，实在是到达了佳境。情到浓时情转淡，君子之交淡如水，感情只有淡然一些，才会细水长流，永不枯竭。返璞归真，让生命回归最舒适的状态，心境会明朗豁达，人会活得洒脱自在。

最好的人生是这样的：既有敏感的灵魂，又有粗糙的神经；既有滚烫的血液又有沉静的眼神；既有深沉的想法又有世俗的趣味；既有仰望星空的诗意又有脚踏实地的坚定，经历了长夜，守到了黎明，穿行过黑暗，还相信阳光，带着强大的内心上路，脸上有卑微的笑容，一路看山看水，走走停停。

可以不识字不能不识人

通则观其所礼：一个人发达了，要看他是否还谦虚谨慎、彬彬有礼、遵守规则。

贵则观其所进：一个人地位高了，要看他推荐什么人。他提拔什么样的人，他大致就像这样的人。

富则观其所养：一个人有钱了，要看他怎么花钱，花在什么地方。人穷的时候节俭，那是资源和实力使然；人富了以后还能节俭，才是品行的体现。

听则观其所行：听一个人讲，还要看他是不是那样去做。不怕说不到，就怕做不到。

止则观其所好：通过一个人的爱好，可以看出这个人的本质。

习则观其所言：第一次跟一个人见面时，他说的话不算什么。相处久了，再听他说的是否和当初一致，差别越大，越看出他的人品。

穷则观其不爱：人穷没关系，穷人不占小便宜，这样的人本质好。

贱则观其所不为：人地位低没关系，不卑不亢，这样的人就能保持自己的尊严。

以伟大的爱去做微小的事

纯真、耐性、慈悲，这三样东西是人生最重要的财富。在行动和思想中保持纯真，就能回到生命的本源。对意见不合者保持耐性，就与万物之道一致。对他人慈悲，就能使世上所有生命和解。

智者从不炫耀自己，大家都能看见他的光芒。由于他不需要证明什么，大家都能信赖他的话。由于他不知道自己是谁，大家都在他身上认识自己。由于他心中没有目的，所以他做的每一件事都会成功。

学会以伟大的爱去做微小的事。

一路走　一路读(后记)

“人生若只如初见，何事悲风秋画扇。等闲变却故人心，却道故人心易变。　　骊山语罢清宵半，夜雨霖铃终不怨。何如薄幸锦衣郎，比翼连枝当日愿。”

随手拿起一本书，翻开，第一页，竟然有自己当时认认真真写下的，纳兰的这首词，不禁回想当时的自己。每每读到“人生若只如初见”，都会有不一样的感慨。似释然，似沧桑，又似无奈。

人生路漫漫，在我以为会风平浪静的时候，不免会出现风起云涌，曾经的那个我，随着时间的消逝，也被遗留在昨天，唯有回忆的昨天。人生本就是萍聚萍散，我们应当相信，所有的相爱和相弃都是漫不经心的。人的一生，总是或多或少有过美丽的初见。可是，再深厚的感情，再唯美的邂逅，也禁不起时光的打磨。光阴交替，看年华老去，对那些逝去的曾经，我们还那么的无能为力。今天的我们，没有能力选择重来昨日，唯有塑造心中那个美好的未来，尽管那个未来，或许也没有想象中那么美好。

其实，最脆弱，最易变的，就是人心。因为不确定是否能坚守，所以信誓旦旦，许下承诺。一旦有了变数，就埋怨人不如初。然而，埋怨别人的同时，你也失去了当初单纯的自己。所以人，人世间最动人的时刻，莫过于初见时的怦然心动。有时候想想，错过，未必就是最美好的。有人说过，我们缺少的，是发现美的眼睛。放下难以放下的，舍弃难以舍弃的，让所有的一切，变得云淡风轻，那么，又还有什么放不下，舍不弃？眼下属于自己轻松快乐的时刻，才是最美的。都说，上帝在关上门的同时，开了一扇窗。而窗外的景色，谁又能说没有门前的炫彩夺目？明天总让人憧憬，是因为你永远不知道明天等待你的是什么。

山一程，水一程，当时光的棱角将我们划伤，尽管低首微笑，下一程的山水，又会是风轻云淡。世事的安排，都不是刻意的，无所谓公平不公平，所以我们也不需要计较太多。人生是自己的，因而，只能是看别人的戏，演绎属于自己的人生。活着本就不易，又何苦为难自己？因此，在还能狠狠地笑、狠狠地哭、狠狠地疯的时候咆哮，就狠狠地放手干自己喜欢的事！等到年迈的时候，也可以乐呵呵地说，谁没有年轻过，谁没有恣意妄为过！这样，也不枉在人世间走一遭了。该咆哮的时候咆哮，该静默的时候静默，哪一个，都是真实的自己。卸下伪装，呼吸雨后清新的空气，凝望夜空中繁星点点，经历的一切，就都是那么的平静，那么的不值一提。

人生若只如初见，能帮助的时候，不要吝啬，伸出友好的双手并没有那么难；能微笑的时候，不要吝啬，即使你的微笑并没有百媚生的惊艳；能退让的时候，不要吝啬，即使没有海阔天空的清净。真的，没什么大不了。所有的爱恨情仇，都可以是一时兴起，只要你愿意，这些所有，都可以是昙花一现。

世间所有相遇，都是久别重逢。三生石上，记载的是缘起缘灭。彼岸花开，绽放的是璀璨一世。今天所有的际遇，都是前世的选择，所以，不要后悔，只管往前走，大胆往前走。初见，只是最初相遇的那一瞥。

那些美好的，留在心间就好。

作者简介

缪锦春，江苏东台人，南京大学金融学博士后，澳门科技大学管理学博士，上海金融学院、南通大学等多家高校兼职和客座教授，南京大学国际商务兼职硕士导师。曾在中国银行总行、招商银行上海分行等多家商业银行任职，现仍在商业银行从事管理工作。在各类刊物发表经济、金融、文学类作品近40万字。